소소하게, 큐레이터

뮤지엄에서
마주한
고요와
아우성의
시간들

소소하게,
큐레이터

남애리 지음

차례

2장. 소소하게, 큐레이터

3장. 박물관 블루스

'학예사 자격증'이 데려다준 고양이와
고요의 세계

2년 만에 한국에 돌아왔을 때, 나는 코마에서 깨어난 기분이었다.

출국할 때까지만 해도 자판이 있는 폴더폰을 사용했는데 돌아와 보니 사람들은 모두 스마트폰이라는 것을 쓰고있었다. 고작 2년의 공백이었음에도 불구하고 지하철과 높은 빌딩, 앙상한 가로수로 가득한 보도 위를 걸어가는 수많은 인파가 무척이나 낯설게 느껴졌다. 한때 내가 여기 속했음에도, 도시의 풍경은 혼란스럽고 무서웠다.

한국은 빠름을 사랑한다. 느린 리듬의 세계로부터 돌아온 나는 모든 것이 초고속으로, 미래로 향하는 한국이 이

질적으로 느껴졌다. 정적이고 멈춰 있는 세계로, 조용한 곳으로 도망치고 싶었다. 그곳이 바로 박물관이었다.

직업에 대해서 이야기하는 방식은 두 가지이다. 하나는 밥벌이 수단으로서의 직업이며, 또 하나는 소명으로서의 직업이다.

전자 편에서 이야기하는 것은 현실적일지는 몰라도 폼은 나지 않는다. 그래서 나는 왜 큐레이터가 되었느냐는 질문을 받을 때마다 문화와 예술에 헌신하고 싶었다는, 보다 훌륭하고 드라마틱한 대답을 하고 싶은 충동을 느낀다. 사람들이 기대하듯 응당 큐레이터라면 '평생 문화 예술을 사랑하며 살고 싶다' 뭐 그런 식의 발언을 해야 마땅하지 않겠는가.

하지만 내가 큐레이터가 된 보다 솔직하고 현실적인 이유는 빠르게 돌아가는 도시 생활에서 얼른 도망치고 싶기도 했고, 무엇보다도 내가 '학예사 자격증'이라는 것을 우연찮게 가지고 있었기 때문이다.

대학원 시절 박물관에서 일을 한 적이 있는데, 그때 경력으로 자격증을 취득했다. 박물관을 항상 좋아하기는 했지만 사실 나는 전시를 만드는 일보다는 연구에 더 관심이 많았다. 그런데도 자격증 시험을 치른 이유는 '언젠가는 쓸 일이 있겠지'라는 생각에서였다. 그런데 그 자격증이 쓸모 있게 된 상황이 의외로 빨리 돌아왔다. 바로 밥벌이의 수단으로서 말이다.

내가 처음 '큐레이터'로서 취직한 곳은 시골에 있는 한 박물관이었다. 근현대 유물로 이뤄진 이 박물관은 내 전공과도 딱 맞고, 시내에서 한참 떨어진 시골에 위치하고 있어서 방문객이 없는 평일이면 무척이나 한적했다. 마당에서는 고양이들이 따뜻한 햇볕 아래 낮잠을 자는 곳이었다.

슬쩍 다가와서 무심한 척 꼬리를 스치며 지나가는 박물관 고양이들 때문에 취직했다, 라고 말하면 거짓말이겠지만 그 박물관에 가게 된 이유 중 적어도 절반은 고양이 때문이었는지도 모른다. 나는 느리게 흘러가는 그곳이 마음에 들었다. '낮에는 사무실에 앉아서 고양이들과 노닥거리면서 일을 하고, 저녁에는 맑은 공기를 쐬면서 산책을 하거나 기숙사 방에 앉아서 취미 생활을 해야지' 같은 다소 약은 생각도 하고 있었다.

전시실에 침입하려는 고양이들과 종종 실랑이를 하면서, 나는 그렇게 시골의 박물관 생활에 익숙해져 갔다.

박물관은 언제나 과거에 멈춰 있다. 과거의 유물들은 각기 다른 이야기를 하면서 늘 그 자리에 가만히 앉아 있었고, 나는 진열장 앞을 지나갈 때면 그 앞에 한참을 멈춰서서 그 유물들이 들려주는 옛날이야기에 매혹되곤 했다. 내일도, 모레도, 먼 훗날에도 유물들은 그 자리에서 같은 이야기를 하고 있을 것이다.

유물을 보면서 책으로만 읽었던 역사와 이론을 되씹어보는 것도 재미있었지만, 더 재미있는 것은 관람객들을 관찰하는 일이었다. 지금 생각하면 미안한 일이지만, 박물관에 왔던 관람객들은 아직도 내가 얼마나 그들을 재미있게 관찰했는지 모를 것이다. 칭얼대는 아이들을 데리고 온 부모들이 유물 앞에서 자신들이 살아왔던 시대를 설명하는 모습을 관찰했고, 젊은 커플들이 어디서 어떤 포즈로 인증샷을 찍는지 관람객인 척 지나가면서 지켜보기도 했고, 나이 지긋한 어르신들이 옛날 구멍가게처럼 꾸며놓은 디오라마를 보면서 추억에 젖어 나누는 대화를 엿듣거나 가끔은 그 대화에 끼어들기도 했다.

박물관의 유물들은 늘 과거에 멈춰서 그들이 속한 시대를 이야기하고 있지만, 사람들은 각기 다른 방식으로 받아들인다. 전시 공간은 바로 그런 매혹적인 교차가 일어

나는 곳이다. '쥐를 잡자' 포스터를 보면서도 사람들은 세대에 따라, 살아온 환경에 따라 다른 생각들을 한다.

미술 작품도 마찬가지다. 어떤 이들은 예쁜 색감에 미술 작품을 보러 오고, 셀프샷을 찍을 아름다운 배경을 찾아오는 사람들도 있다. 육아에 지친 한 젊은 주부는 전시 공간 특유의 고요함에 젖기 위해 미술 작품을 보러 오기도 한다. 사람들은 백만 가지 이유로 전시 공간을 찾았고, 나는 그 사람들을 좋아하게 되었다.

아직은 정리되지 않은 박물관 수장고도 나에게는 보물 창고처럼 매력적으로 보였다.

내가 처음 일했던 박물관의 수장고는 대부분의 사립 박물관 수장고가 그렇듯 좁고 컴컴하고 아직은 찾지 못한 숨겨진 보물들로 가득 찬 곳이었다. 온습도 조절기가 윙윙대며 돌아가는 수장고 안에는 켜켜이 쌓여 있는 낡은 지도와 책자 들이 오래된 종이 냄새를 뿜어내며 늘 그 자리에 있었다.

내가 그곳에서 일했던 시기는 막 수장고를 정리하며 도록을 만들고 있던 시점이었다. 수장고 곳곳에서는 생각지도 못한 유물들이 막 튀어나왔다. 러시아어 필기체로 된

글이 빼곡히 쓰인 근현대 해도가 저쪽 구석에서 나오는가 하면, 한쪽에서는 먼지를 뒤집어쓴 오래된 잠수부 헬멧과 플라스틱 부표가 나왔고, '기밀 자료'라는 도장이 찍힌 조선총독부 조사 보고서가 뜬금없이 낡은 앨범 안에서 튀어나왔다. 내게는 이 모든 것이 매혹적이고 멋지게 느껴졌다. 이 수많은 보물들이 누군가가 발견해 주기를 기다리고 있지 않은가.

나는 여러 가지 이유에서 큐레이터로 취직했다. 우선은 바쁨을 피해 정적인 곳에 숨고 싶었고, 고양이가 좋았으며, 공기 좋은 곳에서 여유롭게 글 쓸 시간을 얻고 싶었다. 물론 나중에 알게 되었지만 이 모든 것은 순진한 희망 사항일 뿐이었다.

도시의 바쁨을 피해서 박물관에 숨었지만 나는 거의 분 단위로 시간을 쪼개 쓰며 단체 관람객을 응대하거나, 교육 프로그램을 진행하거나, 수장고를 정리하며 전시 준비를 하고, 전시 보도자료를 썼다. 박물관과 사무실, 수장고는 각각 다른 건물로 멀리 떨어져 있었기 때문에 성질 급한 나는 일하는 내내 100미터 계주를 하듯 이 건물 저 건물로 뛰어다녔다.

그렇게 매일 뛰어다니는 나를 박물관 직원들과 고양이

들은 흥미롭게 쳐다보곤 했다. 인간보다는 고양이들이 나를 더 흥미로워했던 것도 같다. 직원들은 몇 주가 지난 뒤 내가 박물관과 수장고 사이를 질주하는 풍경에 익숙해졌지만, 고양이들은 햇살이 내리쬐는 박물관 앞 정원에 앉아 나른한 표정으로 앞발을 핥다가 내가 지나가면 움찔움찔 놀라곤 했다. 고양이들은 나를 보며 저렇게 잘 뛰어다니는 인간이 박물관 안으로 침입한 자신들을 붙잡는 데는 왜 그리 서툰지 궁금했을 것이다.

아침저녁이면 저 멀리서 싱그러운 바람이 불어오는 시골의 박물관이었지만, 나는 대부분의 시간을 정리되지 않은 수장고에서 먼지를 뒤집어쓴 유물들과 보냈다. 취미 생활을 할 시간 따위는 없었다. 나는 유물에 숨은 이야기를 찾아내는 탐정 놀이에 빠져 정신을 못 차렸다.

그렇게 한 달이 지나고 두 달, 석 달이 지났다.

어느 휴일이었다. 나는 쉬는 날이면 도시에 있는 집에 가서 오랜만에 늦잠을 자고, 엄마가 해주는 밥도 먹고, TV 앞에서 하루 종일 뒹굴거리곤 했다. 그렇게 일 생각을 머리에서 떨쳐버리고 휴식할 수 있는 황금 같은 어느 휴일, 나는 도서관 논문 검색대에 앉아 박물관 유물과 관련된 자료를 검색하고 있었다.

도서관에서 거북목이 되도록 모니터를 들여다보고 있던 그 순간, 나는 어느 충격적인 사실을 깨달았다.

망했다.

나는 이 직업을 사랑하게 된 것이다.

1장

전시는 늘 전시 중

展示

戰時

백 번의 전시는 백 번의 '케바케'

내가 전시 기획이란 것을 처음 배운 곳은 책이다. 학예사 자격증을 받기 위해서 박물관학과 전시에 관한 책들을 읽고 교육을 받으면서 나는 전시 기획이 뭔지 알게 되었다.

그때 내가 배운 박물관 전시 기획이란 다음과 같다.

몇 년에 걸쳐서 소장품을 연구하고, 분류한다. 보존 상태가 좋지 않은 것들은 꼼꼼하게 복원 작업을 해서 완벽한 상태로 수장고에 보관한다. 그런 다음 몇 개월 동안 목록에서 한 가지 주제에 맞는 소장품을 선정하고 전시 내용을 구성한다. 전시할 소장품이 정해지면 다시 몇 달 동안 공간을 짜고, 동선을 만들어 내며, 적절한 설명과 패널을 구성하여 실제로 전시를 만들어 간다.

전시를 보러 다니기만 했지 직접 내 손으로 해본 적이 없는 애송이가 뭘 알겠는가. 나는 책에서 읽은 것을 진리라고 여기며 모든 전시는 이렇게 해야 한다고 생각했다.

전시를 기획하는 첫 기회를 얻게 되었을 때, 나는 혼자서 소장품 연구와 정리, 전시 기획을 전부 맡아서 해야 하는 작은 박물관에 있었다. 그리고 관장님은 내가 몇 년에 걸쳐 연구하고 수개월 동안 전시를 구성하는 '전시 기획의 정석'을 따르도록 기다려 주는 분이 절대 아니었다.

박물관에서 일을 시작하고 두어 달 정도가 지난 어느 날이었다. 관장님이 갑자기 전 직원을 불러 모았다. 평소처럼 직원들에게 늘 수고한다는 공치사와 함께 앞으로 더 열심히 해달라는 연설을 하시겠거니 하고 나는 머릿속으로 딴생각을 하고 있었다. 내가 흘려듣는 동안 석 달 뒤에 도시에서 무슨 큰 이벤트가 열린다는 이야기가 나온 것도 같다. 그때, 나의 귀를 잡아끄는 말이 튀어나왔다.

"……그러니까 그때 박물관 유물을 가지고 나가서 특별전을 하기로 했다."

워워, 잠깐만요. 나는 잘못 들었나 해서 관장님을 쳐다보았다. 석 달 뒤에 특별전을 연다고? 그분은 본인의 발언이 야기한 쇼크를 깨닫지 못한 채 기대에 들뜬 표정으로 해맑게 웃으며 말했다.

"박물관에 있는 거 싹 들고 나가서, 거길 유물로 다 채워야지. 사람들이 우리 박물관에서 갖고 있는 거 보면 입이 딱 벌어질 거다. 암, 그렇지!"

"관장님, 유물을 다 갖고 나가면 박물관은 한동안 문을 닫아야겠네요?"

관장님이 소위 '유물 부심'에 젖어 있는 동안 내가 살짝 나서서 지적했다. 박물관 유물을 다 들고 나가면 전시실은 텅 비지 않겠는가. 내 질문에 성격 급한 관장님은 답답하다는 표정으로 인상을 찌푸리며 나를 쳐다봤다.

"박물관 문을 닫기는 왜 닫아. 우리 큐레이터가 아직 박물관 유물이 얼마나 많은지 모르나 보네. 내가 평생에 걸쳐서 모은 것들을 전시하면 박물관 몇 개는 만들 수 있을 거야, 으허허."

세상에 절대로 과소평가해서는 안 되는 것이 있는데, 그중 하나가 바로 수집가의 소장품 자랑에 대한 열망이다.

고생하는 직원들의 눈치를 보느라 제대로 말씀을 못 하셨지만 관장님은 사실 수장고에 정리되지 않은 채 차곡차곡 쌓여 있는 수집품들로 전시를 하고 싶은 것이다. 며칠 뒤, 나는 관장님의 숨은 계획을 듣고는 까무러칠 뻔했다. 큐레이터인 나조차도 아직 한 번도 꺼내 본 적이 없는 수장고 속 미등록 유물들을 새로 정리해서 전시를 하자는 것이다.

그날부터 나는 수장고에 하루 종일 처박혀서 유물 조사에 나섰다. 그런데 전시를 위해 수장고를 뒤지다 보니 상황은 내가 생각하는 것처럼 절망적이지 않았다. 소장품 도록도 일부 있었고, 유물 자료도 어느 정도 있었다. 희망이 조금씩 생겼다.

'이제 몇몇 소장품에 대한 자료만 좀 더 찾아내서 전시 주제를 만들고 공간 구성을 하면 되겠군.'

나는 그렇게 생각하며 마음속으로 휘파람까지 불었다.

하지만 모든 것이 잘되어 가는 것처럼 보이는 그 상황에도 복병이 있었다. 바로 이번 전시에 지나치게 열정적인 관장님이었다.

유물 정리에 머리를 싸매고 앉아 있다 보면 '느 집에는 이거 없지?' 하고 뽐내는 점순이처럼 의기양양한 표정을 한 관장님이 나에게 슬쩍 다가오신다. 그리고 그동안 한 번도 보지 못한 유물을 슬그머니 밀어 건네신다.

"이거 내가 아무한테도 안 보여주고 숨겨놨던 건

데……."

어느 날은 또 나를 관장실로 비밀스레 부르더니 오래된 책자를 꺼내서 표지만 슬그머니 보여주신다.

"이런 것 본 적 없지? 내가 큐레이터한테만 보여주는 건데, 이거 진짜 귀한 거다. 이걸로 말할 것 같으면……."

한참의 설명이 끝나고 나면 언제나 결론은 같았다. 관장님은 "이것도 잘 연구해 봐", "전공이니까 해석할 수 있지?"라고 하다가, 짐짓 방금 갑자기 생각난 것처럼 나에게 말씀하신다.

"참, 이번 전시에 이것도 들어가면 참 좋겠다, 그치?"

그렇게 처음에는 근현대 어업 유물만으로 구성되었던 전시품에 근대 여객선과 관련된 수집품이 추가되고, 다음에는 근현대 해도가 더해졌다. 덕분에 전시 주제도 계속 바뀌었다. 그리고 어느 날 관장님이 회심의 미소를 지으면서 건네준 메이지 시대 일본 지도책을 받아든 후, 나는 이 전시를 제대로 만들 수 있을지 걱정이 되기 시작했다.

그뿐만이 아니었다. 내가 계속 추가되는 유물들을 어떤 카테고리로 분류해야 할지 몰라 허덕대고 있는 동안, 관장님은 또 한 번 선수를 쳤다. 전시를 위한 공간 인테리어와 전시대 제작까지 모두 끝내놓은 것이다.

"걱정하지 마라. 우리 큐레이터는 유물만 잘 정리하면 돼."

교과서대로라면 전시될 소장품에 맞춰서 인테리어 공사와 전시대 제작이 이뤄져야 한다던데. 책으로만 전시 기획을 배운 내가 볼 때 이번 전시는 완전히 거꾸로 가고 있었다.

사실 책으로만 전시 기획을 배운 초짜 큐레이터인 나는 모르고 있었지만 전시 기획의 정석이란 없다. 전시는 유일무이한 방법으로 행해지는 신성한 의식이 아니다. 세상에는 각기 다른 목적을 가진 다양한 전시가 존재한다. 예술 작품을 판매하기 위한 전시도 있으며, 홍보를 위한 전시도 있고, 유물이나 예술 작품이 없더라도 교육을 목적으로 하거나 관람하는 사람들에게 재미있는 경험을 주기 위한 전시도 있다.

내가 책으로만 배운 전시 기획을 고집하면서 '이러면 안 돼, 저러면 안 돼' 하는 동안 시간만 계속 지나갔다. 그렇게 애꿎은 소장품 조사만 하고 또 하다 보니 어느새 전시까지 한 달이 채 남지 않았다. 나는 그제야 정신이 번쩍 들며 마음속에서 경전처럼 모시던 전시 기획 책을 내려놓았다. 내가 할 일은 소장품을 관통하는 하나의 스토리를 만들고, 거기에 따라 소장품을 배치하고, 사람들이 전시품을 재미있게 경험할 수 있게 하는 것이었다.

그렇게 어깨에 힘을 빼고서, 나는 전시 주제와 구성안을 짜고 소장품을 공간에 맞게 배치할 계획을 본격적으로 세우기 시작했다.

시간은 빠르게 흘러서 어느새 전시 설치를 하는 날이 다가왔다. 첫 전시 기획을 하는 많은 초짜 큐레이터들처럼, 나 역시 디스플레이를 하는 며칠 동안 정신이 하나도 없었다. 설치를 하던 직원들은 여기저기서 나를 부르고, 다들 나를 바라보며 어떻게 해야 할지 지시를 기다렸지만 정작 나는 계획을 다 짜놓았음에도 불구하고 어디서부터 뭘 해야 할지 몰라 우물쭈물했다.

과연 예정된 날까지 디스플레이를 다 끝낼 수 있을까. 모든 게 엉망이 될 것 같다는 음울한 상상들이 하루에도 수십 번 머리를 스쳐 지나갔다. 사람들이 생각하는 큐레이터라면 응당 세련된 차림새로 명확하게 지시를 해야 할 것 같지만, 현실의 나는 목장갑을 끼고 며칠 내내 입어서 때에 절어 있는 트레이닝복 차림으로 우왕좌왕 뛰어다니고 있었다.

며칠이 지나도 작업은 전혀 진척되는 기미가 없었다.

전 직원이 매달려서 죽어라고 설치를 하고 있는데 뭔가 전시 공간다운 공간으로 변하는 낌새도 안 보였다. 한 시간마다 자잘한 전기 배선 문제니 조명 문제니 새로운 문제가 터졌고, 인쇄 들어가기 전에는 글자 하나하나 완벽하다고 여겼던 리플릿도 정작 받아 보니 생각보다 별로인 것 같았다. 전시품에 들어가는 캡션과 설명문도 전부 엉터리로 느껴졌다.

하지만 처음과 달리 틀어진 계획들과 곳곳에서 터지는 자잘한 문제들을 조금씩 해결하고 계속 시켜 먹는 배달 음식이 질릴 때가 되자, 신기하게도 전시 공간이 조금씩 완성되기 시작했다. 전시 개막식 전날, 자정이 지난 지 한참인 새벽. 끝이 보이지 않을 것 같던 전시 설치가 드디어 끝이 났다.

전시 설치가 끝났다고 한숨 돌릴 줄 알았지만 그건 큰 오산이었다. 전시품을 다 설치하고 설명문을 배치해 놨다고 해서 내 일이 끝난 게 아니었다. 아직 개막식이 남아 있던 것이다.

개막식이 열리는 전시 첫날, 나는 하이힐을 신고 전시실 안을 뛰어다니며 아직도 여기저기 눈에 띄는 덜 된 부분들을 고치고 있었다. 낮에는 취재 온 기자들에게 유물의 중요성을 강조하느라 일장 설명을 늘어놓기도 하고, 관공서에서 온 사람들을 안내하기도 했다. 저녁에는 내빈들이 한꺼번에 우르르 도착해 인파 틈새에서 거의 고함치듯이 전시 설명을 했다. 그렇게 전시 개막식이 끝나고 바깥에서는 페스티벌을 기념하는 불꽃놀이가 벌어질 무렵에서야 겨우 의자에 앉을 수 있었다.

나는 전시가 시작한 뒤에는 박물관으로 복귀해서 거짓말처럼 박물관 전시와 교육과 소장품 정리를 하는 일상으로 되돌아갔다. 그리고 첫 전시가 채 끝나기도 전에, 또 다른 전시 기획안을 짜기 시작했다. 우왕좌왕했던 첫 전시를 통해서 많이 배웠으니 다음에는 더 철저한 계획을 세우고 정석대로 할 수 있으리라는 생각을 하면서.

물론 그것은 내 바람일 뿐이었다. 모든 전시는 다 다르게 예측 불가한 사건들로 가득 차 있었다. 내가 겪었던 전시는 모두 교과서와 달랐고, 앞으로 내가 어떤 전시를 기획하건 간에 교과서 같은 전시 기획을 할 일은 없을 것이다.

전시 작업 중 제일 어려운 그것

전시가 두 달 앞으로 다가왔다. 독특한 작품 스타일로 창
작을 하는 젊은 작가의 초대전이다. 그런데 수개월 전부
터 전시 일정을 잡아놓았으면서, 나는 아직도 제목을 고
민 중이다.

전시를 기획할 때마다 제목을 정하는 것이 제일 어렵
다. 전시의 제목이라는 것은 소개팅을 하기 전에 상대방이
누군지 알기 위해 찾아보는 카카오 프로필 사진과도 같다.
프로필 사진만으로도 유머러스한 사람인지, 매사에 시큰
둥한 사람인지, 외모는 어떠한지 대강 알 수 있다. 전시 제
목은 인쇄물이나 거리에 걸리는 홍보물에 가장 크게 들어

가기 때문에 좀 더 알고 싶은 호기심을 돋울 수도 있고, 지루하게 느껴져서 흥미를 반감시킬 수도 있다.

처음부터 내가 주제나 테마를 정해 작가들을 모셔온 기획 전시 같은 경우에는 그나마 제목 짓기가 어렵지 않다. 주제도 내가 정했고, 거기에 맞춰서 여러 작가를 초대했기 때문에 그 주제에 맞는 제목 중 사람들의 흥미를 끌 만한 것으로 정하는 일은 오롯이 나의 몫이다. 나는 주제에 맞는 여러 가지 제목을 내놓고 어떤 것이 어감이 좋고 흥미를 끄는지 다른 직원들이나 주위 사람에게 물어본 뒤 제목을 정한다. 물론 상사의 승인이 필요하긴 하지만, 현재 내가 일하는 곳은 공공 기관이면서도 기획 업무에서 직원들에게 상당한 재량권을 주는지라 대체로 내가 원하는 제목을 밀고 나갈 수 있다.

작가의 개인 초대전은 성격에 따라서 달라지기는 하지만 대체로 작품 스타일이나 주제가 명확한 경우가 많다. 자기 작품의 스타일이나 주제를 너무나 잘 알고 있어서 먼저 제목을 제안하는 작가들도 많고, 작가가 어려워하면 나와 둘이서 머리를 맞대고 작품을 보면서 며칠 동안 고민하다가 좋은 제목을 떠올리곤 한다. 그런데 이번에는 작가도 그렇고 나도 그렇고 명확하게 잡히는 것이 없다.

이번에 전시를 하는 작가는 팝아트적인 스타일로 철학적인 주제를 제시하는 작품을 창작한다. 만화 같은 캐릭터지만 다소 선禪적인 느낌이 묻어나고, 보는 시각에 따라서 귀엽고 사랑스럽기도 하고 기괴하고 무섭게 느껴지기도 한다. 몇 년 전 어느 전시 공간에서 이 작가의 작품을 보고 전율이 일 정도로 매료된 후로 나는 이 작가의 작품을 우리 지역 사람들에게 소개하고 싶었다. 그런데 팝아트이면서 죽음, 존재와 같은 무거운 주제를 다루는 이 작가의 작품을 어떤 제목으로 소개해야 할까.

요즘은 톡톡 튀는 기발한 제목을 전시에 붙이는 경우도 많다. 전시를 보러 다니다 보면 '어떻게 이런 제목을 생각해 냈을까?' 하는 생각이 들 정도로 독특한 제목이 있어서 보고 싶은 마음이 마구 생기곤 한다. 물론 누구나 알고 있는 화가나 국보급 예술품은 전시 자체만으로 흥미를 끌기 때문에 사실 그런 제목을 붙일 필요도 없다. 하지만 도시에서는 매달 오픈하는 수많은 전시 가운데 잠재적인 관람객의 눈에 띄려면 흥미를 끄는 제목이 필요하고, 내가 일하는 이 지역에서 거의 유일한 전문 전시 공간에도 사람들이 전시를 보러 오는 행동을 유도할 만한 좋은 제목이 필요하다.

그런데 여기서 공공 기관 큐레이터의 자기 검열이 발동한다. 대도시에서는 공공 전시 공간이더라도 파격적인 전시 제목을 쓰는 경우를 볼 수 있지만, 지방의 공공 기관은 좀 다르다. 지방은 대도시보다 다소 보수적인 경향이 있어서 지나치게 충격을 주는 전시 제목은 짓기가 꺼려진다.

예전에 박물관에서 일을 할 때, 나는 전시 제목을 잘못 지었다가 크게 낭패를 본 적이 있다. 6·25 전쟁에 참전한 유엔군에 관한 전시였는데, 전시 제목에 '이방인'이라는 단어를 쓴 것 때문에 기관이 발칵 뒤집힌 것이다. 나는 타국에서 온 낯선 이의 시선으로 본 비극적인 전쟁을 표현하고 싶다는 생각으로 다소 눈에 띄는 단어를 썼는데, 이것이 마치 역린을 건드린 것과 같은 역효과를 낳았다. 기관과 협력 관계를 맺고 있던 재향군인 단체에서 엄청난 분노를 표현한 것이다.

"아니! 우리나라를 지켜주신 고마운 분들인데 '이방인'이라는 비하 표현을 쓰면 됩니까!"

그때까지도 나는 이방인이 왜 비하 표현인지 이해하지 못했다. 단순히 '낯선 이국에 온 병사'라는 느낌을 표현하고 싶었을 뿐인 나는 "호국 영령에게 무례"하다고 이야기하는 사람들에게 그것이 '외국인'이라는 단어보다 좀 더 눈길을 끌지 않느냐고만 계속 이야기했다. 나중에 누가 이야기해 줘서 알았는데, 기독교에서 '이방인'이라는 단어는 신의 선택을 받지 못한 이교도라는 의미로 쓰인다고 한다. 같은 단어라도 사람에 따라 다르게 들릴 수 있다는 것을 그제야 조금은 이해할 수 있었다.

공공 기관에서는 단어를 쓰는 데에도 그 기관의 분위기와 문화를 제대로 읽을 줄 아는 센스가 필요하다. 그러다 보니 되도록 안전하고 중립적인 단어를 쓰면서 사람들의 눈에 띄는 제목을 지어야 한다. 하지만 너무 재미없고 뻔한 제목을 정하면 재미있는 전시인 줄 모를 수도 있으니까, 어느 정도 호기심도 자아낼 수 있어야 한다. 결국 디자이너에 대한 클라이언트의 황당한 요구처럼 "눈에 확 띌 정도로 개성 있으면서 일반적으로 누구나 좋아할 만한 우아하고 감각 있는", 마치 존재하지 않을 것만 같은 전시 제목을 찾게 되는 것이다.

이번 전시는 제목을 정하기가 더욱 힘들었다. 작품 속 철학적 사유에 중점을 두자니 제목이 너무 무겁고 어렵게 느껴진다. 사람들이 제목을 듣자마자 '오, 저거 재미없을 것 같아'라고 생각할 것만 같다. 그런데 작품의 스타일에 집중하자니 팝아트적인 작품들이 자꾸 자극적인 제목으로 나를 이끈다. 어떤 제목들은 오해의 소지가 있을지도 몰라서 덜컥 겁이 난다. 그렇게 시간이 계속 흘러갔다.

결국 전시로부터 두 달이 남지 않은 시점, 나는 작가와 머리를 맞대고서 팝아트적인 모습을 부각시킬 것이냐 작품의 이면에 있는 의미를 부각시킬 것이냐 한참을 고민하기 시작했다. 며칠에 걸친 오랜 대화 끝에 철학적인 의미를 보여줄 수 있는 제목이 결정되었다.

철학적인 의미를 강조한다는 것은, 어떻게 보면 전시 홍보에서 전혀 도움 될 것이 없다. 사람들에게 다소 어렵게 느껴지는 단어를 제목으로 정하면 십중팔구는 그 제목을 제대로 기억하지 못하고, 전화를 걸어서 "그……저…… 무슨 전시를 하던데, 제목이 뭐더라……"라고 문의하는 전시 관람객도 많아진다. 그래도 어쩌겠는가. 완전히 생뚱맞은 제목을 붙여놓기보다는 작품의 의미에 대해서 미리 귀띔을 해놓는 것이 관람객에게 더 도움이 될 것이다. 나는 그렇게 자부하면서, 미뤄뒀던 홍보물 제작과 전시 글 작성을 시작하러 사무실로 발을 옮긴다.

그래도 전시 제목을 정하자 변비가 해소된 것처럼 후련한 기분이 든다. 전시 제목이 조금 어려우니 홍보물은 사람들에게 조금은 가볍게 다가갈 수 있는 콘셉트로 제작하는 편이 좋을 것 같다. 어쩌면 전시 제목 아래에 약간의 설명이나 팝아트라는 것을 알릴 수 있는 부제목을 붙이는 방법도 괜찮을 것이다. 제목이 정해지자 그동안 미뤄왔던 전시 기획에 대한 결정들이 한꺼번에 통과된다. 그리고 이와 더불어 할 일들도 한꺼번에 닥치기 시작한다. 갑자기 마음이 바빠진다. 그러고 보니 전시가 두 달밖에 남지 않았다. 머리가 아찔해진다.

나는 전시 기획을 할 때마다 제목을 정하는 것만으로 거의 3분의 1은 다 했다는 기분이 든다. 제목이 정해지면 신기하게도 그동안 막혀서 떠오르지 않던 기획 내용들도 술술 풀린다. 그만큼 전시명 짓기는 너무나도 어려운 일이다. 가끔은 누가 좋은 제목 좀 지어줬으면 하는 바람이 들 정도로.

열정과 냉정 사이의
전시 보도자료

전시 보도자료가 재미없다는 것은 누구나 알고 있는 진리다. 사람들이 의외로 전시에 딱히 관심이 없다는 것도 이유 중 하나겠지만, 가장 큰 이유는 전시 보도자료를 쓰는 큐레이터들이 지나치게 자신의 전시를 사랑하기 때문이다.

홍보 담당 부서나 언론 홍보 전문가가 따로 있는 큰 기관이 아니면, 보도자료는 대체로 전시를 기획한 큐레이터가 쓴다. 물론 대규모 전시 기관에서도 큐레이터가 홍보 담당자와 함께 보도자료를 쓰기도 하고, 기본적인 자료를 제공하기도 한다. 기본적으로 전시의 구성과 내용, 그리고 그 전시된 유물이나 작품에 대해서 가장 잘 알고 있는 사람이 큐레이터이기 때문이다. 그런데 문제는 홍보를 해야 하는 큐레이터들이 유물과 작품을 지나치게 아끼다 보니 보도자료가 일종의 자식 자랑처럼 되어버린다는 것이다.

나는 예전에 언론과 관계된 일을 한 적이 있는데, 그곳에서 우리가 흔히 만나는 짧은 기사문인 스트레이트 기사를 쓰는 방법과 함께 잘 쓴 보도자료와 못 쓴 보도자료를 가려내는 법을 배웠다. 제목은 눈길을 끌게 써라, 모든 중요한 정보는 육하원칙으로 첫 문장에 담아내라, 전문 용어들을 지나치게 늘어놓지 마라 등이다. 보도자료는 스트레이트 기사를 쓰듯 써야 기자들의 관심을 끌 수 있다. 첫 문장에 가장 큰 임팩트를 줄 수 있도록 하고, 전문적인 부가 설명들은 사진자료와 함께 첨부해서 보내는 편이 낫다는 것도 배웠다.

부끄럽게도 그렇게 배워놓고서 전시 보도자료를 쓸 때만은 나도 모르게 소위 '자식 자랑'을 해버리고 만다.

세상에서 가장 듣기 싫은 말이 남의 자식 자랑이라고 한다. 밑도 끝도 없는 자랑을 듣다 보면 어떨 때는 그 자리에서 도망가고 싶어진다. 자식 자랑이 듣기 싫은 것은 자랑 때문에 배가 아프기도 하지만, 근본적으로는 대체로 듣는 이와 일체 관계도 없고, 관심도 없는 내용들이기 때문이다.

나는 소위 언론 일을 해봤다는 이유로 가끔 다른 분야의 보도자료를 부탁 받아서 쓰기도 하는데, 그럴 때는 자료를 보고 일반인들이 제목만 보고도 '어, 정말?' 하고 돌아볼 수 있도록 요점을 추려낸 후 그것을 중심으로 내용을 작성한다. 그런데 전시 보도자료를 쓸 때만은 어쩐지 이것저것 자랑하고 싶은 어마어마한 욕망을 멈출 수가 없다.

내가 보기에 이 유물은 이제까지 학계에 알려지지 않은, 굉장한 의미를 가진 것이며 흔한 풍경화처럼 보이는 저 작품은 사실 인간의 삶을 메타포로 표현해 감상자에게 삶이 바뀌는 경험을 선사할 것만 같다. 하지만 사람들은 내가 대단하다고 생각하는 사실에 관심이 없다. 나는 내가 만든 전시가 세상을 보는 시선을 바꾸고 우리의 삶을 변화시킬 엄청난 것이라고 생각하지만, 이는 단지 내가 지나치게 전시에 집중했기 때문에 그렇게 느끼는 것일 뿐이다. 세상에는 수많은 전시가 있고, 또 전시 외에도 엄청나게 많은 사건이 존재한다. 전시 외에도 세상에는 흥미로운 사건이나 장소가 너무 많다.

가끔씩 '자식 자랑' 전시 보도자료를 쓰다가 정신이 번쩍 들 때도 있다. 그럴 때면 나는 보도자료의 본질을 떠올린다. 평범한 사람들(그리고 1차적으로는 언론사 기자들)의 흥미를 끌어내어 읽게 만들어야 한다는 것. 그렇게 나는 주절주절 써놓았던 유물의 학문적인 의미에 대한 자랑이나 작품에 담긴 철학적 의미의 중요성을 싹 지워버리고 처음부터 다시 시작한다.

　전시 보도자료에서는 잘 먹히는 요소들이 있다. 바로 엄청나게 고가이거나 아주 유명한 작품 또는 유물이다. 유감스럽게도 내가 생각하는 것만큼이나 내가 다루는 유물과 작품은 엄청난 가격으로 거래된다든지 세계적인 명성을 얻고 있지는 못하므로, 나는 다음으로 넘어갈 수밖에 없다.

　사회적으로 중요한 이슈를 담고 있어서 주목을 받는 전시도 있고, 작품이나 유물 속에 재미있는 요소들이 있는 전시도 흥미를 끈다. 때로는 말랑말랑하고 재치 있는 팝아트 이미지들이 사람들을 유혹할 때도 있다. 특히 지방의 작은 전시 기관에서 일을 하면서, 나는 대도시만큼 재미있는 체험 공간이 없는 지역에서는 사람들이 뭔가 직접

체험을 하거나 참여할 수 있는 코너에 더 흥미를 느낀다
는 사실도 알게 되었다. 그래서 그것을 중심으로 처음부
터 다시 보도자료를 쓰기 시작한다. 역사적인 유물 전시
라면 사회적 이슈를 끌 수 있는 내용으로, 시각 예술 전시
라면 재미있는 요소나 참여할 수 있는 요소를 중심으로,
화끈하고 재미있게 말이다.

그런데 여기에 복병이 있다. 내가 전시 담당 큐레이터
이긴 하지만, 보도자료가 나가기 전에는 관장님이 검토를
해야 한다는 것이다.

많은 공공 전시 기관에서는 공무원이나 일반 행정가가
관장을 맡고 있는데, 제목으로 넣은 민감한 사회적인 이
슈들은 대부분 걸러지고 만다.

"내용이 너무 정치적인데?"

사람들에게 논쟁거리를 던져 흥미를 끌어보려는 나의
시도는 불편한 심기가 담긴 관장님의 한마디에 바로 날아
가 버린다.

"제목만이라도 이렇게 바꾸는 게 낫겠습니다."

이렇게 직원의 수고를 생각해서 타협안을 제안하시는
친절하신 관장님도 있는데, 사실 제목을 그렇게 바꾸면
전체 보도자료의 방향이 전부 바뀌어 버린다.

공공 기관에서는 논쟁이 될 만한 사회적인 이슈는 피하는 편이 좋다. 좋은 의도로 시작한 것이라도 논쟁이 커지면 기관도 힘들어지고 담당자는 더 고달파지기 때문이다. 그래서 결국 최초의 매운 맛 보도자료는 다소 순한 맛으로 중화된다.

가끔 관장이 작가와 막역한 친분이 있거나 작가의 예술 세계를 너무나 존경하는 시각 예술 전시를 열 때면 다소 민망한 상황이 벌어지기도 한다. 관장도 사람인지라 자신과 친한 그 작가가 최고의 시각 예술가이며 세계적인 명성을 가졌거나 가질 것이라고 생각하는 것이다. 하지만 일반 사람들이 생각하는 유명한 작가란 피카소와 반 고흐 정도이며, 백남준의 이름까지 대면 양반이다. 가끔씩은 애니시 커푸어Anish Kapoor나 데이미언 허스트Damien hirst조차 "누구?"라고 되묻는 사람도 있는 상황에서 '세계적인' 혹은 '최고로 꼽히는' 따위의 단어를 쓰면 사람들에게 혼란을 줄 수도 있다. 나는 시각 예술가의 예술 세계를 함부로 평가할 수는 없지만, 보통의 시각을 가진 (그리고 전시에 관심이 없는) 일반인들을 대상으로 홍보문을 작성해야 하기 때문에 되도록 그들의 시선에 기준을 맞춘다.

미술사학자 출신이나 그 분야의 전문가 관장이 있으면 보도자료가 아예 산으로 가버리는 경우도 있다. 미술사학자 출신이거나 유물에 대한 오랜 연구를 했던 관장이라면 기본적으로 내가 '자식 자랑' 보도자료를 썼던 상황으로 되돌아온다. 오히려 이런 관장들이 좋은 보도자료를 쓰는 데 가장 큰 복병이다. 일반 행정가라면 보도자료의 속성을 어느 정도 이해하고 있고, 그것이 사람들의 흥미를 끌어야 한다는 사실을 알고 있다. 하지만 전문가 관장들은 '자식 자랑' 보도자료를 쓰지 않으리라는 내 결심을 완전히 흔들어 버린다. 이분들 또한 작품이나 유물을 너무나 사랑하기 때문이다.

결국 나는 어느 틈엔가 화끈하고 재미있게 보도자료를 쓰겠다는 생각 따위는 저 멀리 던져버리고 관장님과 의기투합해서 작가의 예술 세계가 지닌 의미를 어떻게 알릴까, 유물이 가진 역사적 의미에 대해서 사람들도 당연히 궁금해하겠지, 하고 고민하면서 보도자료에 중구난방 내용을 덧붙이기 시작한다. 그렇게, 산으로 가던 보도자료를 겨우 하계로 끌어내렸더니 이번에는 에베레스트로 올라가 버린다.

영상이나 비활자 매체, 재미있는 오락거리가 무궁무진

한 현대 사회에서 사람들은 활자로 쓴 기사를 잘 읽지 않는다. 그리고 그중에서 전시 기사는 더더욱 안 읽는다.

전시가 있을 때면 나는 꾸준히 설문조사를 실시한다. 사람들이 어떤 매체를 통해서 전시를 알고 왔는지, 어느 지역에서 주로 어떤 이유로 누구와 함께 보러 왔는지 알고 싶어서다. 몇 년 전에 내가 설문조사를 했을 때는 전시실에 온 사람 중 거의 10퍼센트만 언론사 기사를 보고 왔다고 대답했다. 얼마 전 다시 설문조사를 해보니 기사를 읽고 왔다는 사람은 단 한 명도 없었다.

나는 전시가 시작되기 전에 각 지역과 학교, 메일링 리스트 등록자들에게 우편으로 홍보물을 보낸다. 사람들이 많이 지나다니는 길에 현수막과 같은 홍보물을 게시하기도 하고, 전시 직전에는 소위 '전단지 알바'를 시작한다. 인쇄된 홍보물을 잔뜩 들고 나가서 포스터를 붙이고 여기저기 리플릿을 배포하는 것이다. 그리고 기관의 SNS를 비롯해서 각 포털 사이트나 블로그에 전시 홍보를 한다.

우편으로 홍보물을 발송하기 위해서 거의 이틀 동안 리플릿을 봉투에 담고 주소를 인쇄해 붙이며, 현수막의 내용을 고민하고 위치를 선정하는 데는 거의 1주일 넘게 걸린다. 보도자료를 쓰기 위해서는 전시 기획 단계부터 계속 고민을 하다가 너무 재미없는 것 같아서 다시 고쳐 쓰고, 관장님의 검토를 받으며 다시 한번 고쳐 쓰는 모든 과정이 짧게는 2주에서 길게는 한 달 넘게 걸리기도 한다.

하지만 전시실에 온 사람들의 99퍼센트는 이렇게 대답한다.

"인스타그램에서 보고 왔어요!"

내가 보도자료를 어떻게 쓰건 간에, 사람들은 신문 기사가 아니라 SNS와 블로그를 보고 찾아온다. 어쩌면 그냥 '자식 자랑' 전시 보도자료를 계속 쓰는 것도 나쁘지 않을지 모르겠다.

전시 오프닝 때 하이힐을
안 신는 이유

미술 작품이 걸려 있는 화이트 큐브 전시 공간 안에 잔잔한 클래식 음악이 울려 퍼진다. 사람들은 샴페인 잔을 들고 삼삼오오 모여 담소를 나누고, 한쪽에는 하얀 천이 씌워진 테이블 위에 맛있어 보이는 갖가지 핑거푸드들이 차려져 있다. 정장을 입은 큐레이터가 마이크를 잡고 주목해 달라고 요청하자 사람들은 미소를 지으면서 행사 장소로 천천히 모여들기 시작한다.

　전시 오프닝 또는 전시 개막식이라고도 하는 행사는 대체로 이런 이미지다. 정장 입고 전시를 설명하는 사람이라는 큐레이터의 이미지 대부분도 아마 여기서 비롯된 것일 가능성이 크다. 고백하자면 나 역시도 일을 하기 전에는 전시 오프닝에서 이렇게 우아하게 마이크를 잡고 사람들 앞에 설 것이라고만 생각했다. 결론부터 말하자면 그것은 큰 오산이었다.

큐레이터로서 내가 겪은 전시 오프닝은 절대로 우아하지 않았다. 기획한 첫 전시의 개막식이 열리는 날, 나는 전시를 준비하느라 세 시간밖에 못 자서 제정신이 아닌 상태로 카메라 플래시가 터지는 가운데 기관장들과 공직자들을 안내했다. 사실 그날 내가 무슨 말을 했는지 아무것도 기억나지 않는다.

단체장들과 귀빈들만 서게 되는 테이프 커팅식은 근처에도 가보지 못했다. 테이프 커팅식이 있는 동안 나는 전시실을 둘러보면서 귀빈들의 이동 동선을 준비했고, 귀빈들이 전시실로 들어오자 거의 떠밀리듯 앞으로 가서 사람들을 안내했다.

"시장님이랑 의원님 몇 분이 기관장들과 함께 오실 겁니다."

이런 말을 듣고 '몇 명의 귀빈들만 안내하면 되겠지'라고 안일하게 생각했던 나는, 높은 분들을 만나본 적이 없다 보니 이들이 여러 명의 수행원들과 함께 다닌다는 사실도 전혀 몰랐다.

수행원들과 함께 기관장을 따라 전시 오프닝에 온 공무원들, 공공 기관 직원들에 더해 기자들까지 따라 들어왔다. 넓고 고요하던 전시 공간은 명절 전날 마트처럼 북적대기 시작했다. 나는 예정된 순서대로 전시에 대해 설명하기 시작했다.

전시 오프닝 행사를 많이 겪어본 베테랑 큐레이터라면, 아니 적어도 사회생활을 10년쯤 해서 이런 상황에서 귀빈들이 바라는 것이 뭔지 알고 있는 사람이라면 나처럼 하지는 않았을 것이다.

나는 설명을 하다가 저도 모르게 신이 나버렸다. 정치인들과 주요 기관장들이 많이 와 있는 지금, 문화 예술에 대한 지원의 중요성을 알려야겠다는 이유 모를 사명감도 들었다. 그래서 이건 중요성이 어떻고, 저건 왜 가치가 있으며, 우리 사회에 어떤 의미가 있는지를 거의 약장수처럼 늘어놓기 시작했다.

뒤에서는 아직 사진을 찍지 못한 기자들이 "좀 들어갑시다!", "안 들려요!"라며 소리 질렀고, 목소리를 높여 열심히 설명하는 내 말이 거의 묻혀버릴 만큼 장내는 왁자지껄 소란스러워졌다. 감사했던 것은 행사 경험이 없는 초짜 큐레이터가 열심히 설명하는 동안 지겨운 내색 하나 하지 않고 들어줬던 귀빈들인데, 나중에 알게 되었지만 이분들 중 일부는 바로 몇 분 뒤에 다른 장소로 이동을 해야 했다. 수행원들은 초조하게 언제 끝나나 하는 표정으로 나와 시계를 번갈아 쳐다보았다.

하지만 나는 대체로 눈치가 없는 편이다. 설명을 거의 끝내려는데 저 구석진 곳에 있는 한 유물이 눈에 들어왔다. '아, 저건 꼭 설명해야 한다!'

"……저기 보이는 저 유물도 아마 궁금하실 텐데요. ○○시대에 제작된 저 유물은 △△라는 의미에서 굉장히 중요한 유물로……."

눈치 없이 귀빈들을 이끌고 유물을 향해 가려는 나를 본 수행원들이 참다못해 나와 관장, 그리고 눈에 보이는 박물관 직원들에게 필사적으로 신호를 보냈다. 다행히 내가 구석진 곳에 홀로 전시된 유물을 보며 10분 더 일장 설명을 늘어놓기 전에, 상사가 나에게 두 손으로 X 표시를 하면서 신호를 보냈다. 나는 화들짝 놀라 서둘러 어색하게 마무리를 했고 귀빈과 수행원, 기자 들은 썰물처럼 전시 공간 안을 빠져나갔다.

전시 오프닝 행사가 끝난 뒤, 나는 너무 지쳐서 말 그대로 바닥에 주저앉았다. 그 당시 나는 하이힐에 온몸을 죄는 정장을 입고 있었는데, 그제야 발이 신발에서 빠지지 않을 정도로 퉁퉁 부었고 전신이 쑤신다는 사실을 깨달았다.

전시 오프닝 행사는 전시를 소개하는 자리인 동시에 행사에 참석한 손님들을 대접해야 하는 자리이다. 일찍 온 사람들이 편안하게 작품을 감상할 수 있도록 안내해 줄 사람도 필요하고, 행사를 진행하기 위해 의자를 가져다 놓고 마이크 등을 설치해 놓을 사람도 필요하다. 행사가 열리는 시각이 저녁이라면 배고픈 사람들이 행사 전에 빠져나가지 않도록 간단한 다과를 차려놓기도 한다.

이벤트 업체를 사용하거나 오프닝만을 위해 기획자를 섭외하기도 하지만, 대부분은 전시 기관의 직원들이 이 역할을 대신한다.

그래서 전시 오프닝 행사가 있을 때면 나는 이벤트 담당 겸 케이터링 매니저로 변신한다. 기관 직원들이 있으면 함께, 아무도 없으면 혼자서 의자를 가져다 놓고 마이크를 설치하고, 사람들이 들어오면 입구에서 반갑게 맞이한다. 전시 오프닝이 열리는 날은 유리잔으로 저글링을 하는 것 같은 기분이 들곤 한다. 조금만 실수를 해도 모든 것이 와장창 깨져버릴까 봐 겁나는 기분.

사람들이 예술 작품을 구입하곤 하는 상업 갤러리나 대형 전시 기관에서는 케이터링 업체를 불러다가 내빈들에게 음식이나 샴페인과 같은 가벼운 주류를 대접한다. 공공 전시 기관에서는 '공공 기관에서 술 파티'라는 오명을 쓰게 될 수도 있어서 술은 빼지만 그래도 가벼운 다과 정도는 내놓곤 한다. 이럴 때 케이터링 업체에 맡기면 나야 조금 편하겠지만 그렇다고 해도 내가 할 일이 덜어지는 것은 아니다.

예전에 국내에서 내로라하는 원로 예술인들이 대거 참석한 전시 오프닝을 진행한 적이 있다. 사실 오프닝 행사 전에는 내가 존경하는 한 원로 작가님이 참석하신다는 말씀을 듣고 어차피 내가 할 일은 사회밖에 없을 테니까 나중에 리셉션 자리에서 만나면 사인이라도 받을까 들떠 있었다. 물론 그것은 어리석은 생각이었다.

전시 오프닝 행사 전에는 연로하신 작가들을 자리로 안내한다고 하이힐 신고 물 한 모금 마시지 못하고 열심히 뛰어다니다가 행사가 시작되자 이번에는 서서 사회를 보고, 식이 끝난 후 제공된 뷔페에서는 접시를 들기도 힘들

어하시는 나이 든 작가들을 위해 음식을 나른 뒤, 의자에
한번 앉아서 나도 뭔가 먹어볼까 하는 찰나에 이제는 식
사를 마친 작가들을 다시 안내해야 했던 것이다.

정말로 힘들었던 전시 오프닝은 케이터링 업체도 없이
혼자서 다과를 차리는 일까지 모두 담당해야 했던 행사였
다. 참석자 50명 내외로 다소 간소하게 치러졌기 때문에
내빈들이 식사 전 간단히 허기를 잠재울 정도의 다과와
마이크, 테이블보를 덮은 행사 테이블, 의자 정도만 갖추
면 됐다. 나는 이날도 겁 없이 하이힐을 신었다. 지금까지
전시 오프닝을 그렇게 경험해 놓고도 아직 정신을 덜 차
렸던 것이다.

그렇게 행사 두 시간 전, 나는 다과를 찾으러 갔다가 첫
번째 실수를 깨달았다. 여러 군데에서 다양한 종류의 음
식을 주문해 놓았는데, 가게들이 다들 주차장에서 한참을
걸어야 하는 곳에 있었다. 대량의 다과는 생각보다 무겁
고, 하나씩 예쁘게 포장된 떡은 말 그대로 돌덩어리였다.
나는 하이힐에 타이트한 치마를 입은 상태로 떡 박스를
어깨에 짊어지고 끙끙거리면서 주차장과 가게를 오갔다.

행사 한 시간 전, 모든 것을 세팅해 놓고 잠시 앉아 쉬

면서 남은 떡이라도 좀 먹어볼까 하는 찰나에 내빈들이 오기 시작했다. 작가의 지인이거나 동료에게 예의를 표하러 온 예술인들이 떠들썩한 행사가 시작되기 전에 느긋하게 전시를 보러 일찍 온 것이다. 이제부터 나는 안내원으로 변신한다. 사람들에게 행사는 몇 시에 시작되며 전시를 관람하다가 불편한 점이 있으면 말씀해 달라는 말과 함께, 방명록에 사인을 남겨달라는 말도 잊지 않는다.

사람들이 이제 조금씩 모여들기 시작했다. 원래는 50여 명 정도의 작은 규모로 생각했던 전시 오프닝에 예상보다 많은 분들이 왔다. 나는 사람들 사이를 돌아다니면서 작품을 점검하고 꽃다발을 가져온 사람이 있으면 알레르기가 있는 분들도 있으니 입구에 잠시 보관하라고 부탁도 한다.

그렇게 행사 5분 전, 아까 점검했던 대로 마이크를 켜고 한 번 더 테스트를 한다. 사람들이 천천히 모이기를 기다리면서 음악 소리를 줄이고, 잠시 후 식이 시작된다고 공지를 한다. 그런데 아뿔싸! 오늘의 주인공인 작가님이 안 보인다. 몇 분 전에 분명히 들어와 있는 것을 확인했는데 어딜 간 걸까. 나는 이제 전화기를 들고 작가님에게 전화를 걸기 시작한다.

"친구 태우러 잠깐 나갔는데 다시 와 보니까 주차할 데가 없네요. 큐레이터님, 미안해요. 금방 갈게요."

작가님의 목소리에 나는 마음이 다급해진다. 이미 행사 장소 앞에는 사람들이 모여들고 있지 않은가. 겉으로는 여유롭게 웃으면서 전시실을 천천히 빠져나간 후, 사람들이 아무도 없는 복도에 다다르자 100미터 달리기 선수처럼 다다닥 뛰어서 주차장으로 달려간다.

다행히 작가님은 어딘가에 이중 주차를 하고 저 멀리서 오는 중이다. 마중하러 갔던 작가님의 친구는 저 뒤에 걸어오고 있다. 나는 작가님께 다가가서 얼른 손에 든 짐을 받아들고 행사 장소로 향한다. 그 와중에도 속은 타들어가고, 하이힐을 신은 발은 쿡쿡 쑤시고, 온몸에서는 진땀이 난다.

마음 같아서는 드라마 남자 주인공이 하듯 작가의 손목을 잡고 뛰고 싶지만 예의를 생각해서 참는다. 행사장에 모인 사람들이 웅성거리며 기다리고 있을 것을 생각하면 소름이 끼친다. 죄송하지만, 나는 최대한 빠른 걸음으로 앞서 걸어가며 은근히 작가님을 재촉한다.

전시실에 딱 들어가는 순간 지루한 나머지 다시 흩어지려는 사람들의 시선이 작가님에게로 쏠린다. 나는 마음속

으로 '휴, 살았다'라고 중얼거리며 상상 속의 진땀을 닦는
다. 그러고는 지금까지 아무 일도 없었다는 듯 천연덕스
러운 표정으로 사회자석의 마이크 앞에 선다.

"여러분, 많이 기다리셨죠? 지금부터 전시 ○○의 오
프닝 행사를 시작하겠습니다."

나는 상냥한 목소리로 사람들을 향해 말한다. 머릿속으
로는 이미 집에 가서 바닥에 누운 채 다리에 냉찜질을 하
면서 얼음처럼 차가운 상상의 맥주를 벌컥벌컥 마시고 있
다. 하지만 좀 기다려야 한다. 사람들이 모두 집에 돌아가
고 행사장을 정리할 때까지 전시 오프닝은 끝난 것이 아
니다. 다시는 전시 오프닝에 하이힐을 신지 않으리라고
결심하면서, 나는 아직 남은 시간을 열심히 뛰어다녀야
한다.

정장 스커트 입고
사다리 타기

보험에 가입할 때마다 나는 깜짝 놀라곤 한다. 직업별 위험 등급표에서 큐레이터가 가장 안전한 직업군 중 하나로 분류되어 있기 때문이다. 보험료가 적게 나와서 좋긴 하지만 '비위험'으로 분류되니까 어쩐지 억울한 기분이다. 심지어 사무직 중에서도 '중위험'으로 분류되는 직업군이 있는데, 허구한 날 전동 드릴을 들고 설치는 내가 비위험군이라고?

내가 보험 가입할 때조차 억울해하는 이유는 바로 큐레이터에 대한 편견 때문이다. 사람들은 큐레이터라고 하면 험한 일 하나 할 줄 모르고 우아하게 전시실만 거닐 것이라고 생각한다. 부끄럽지만 심지어 나도 이 일을 하기 전에는 그렇게 생각했다. 하지만 실제로 하는 일은 절대로 우아하거나 편하기만 하지는 않고, 그렇게 생각하는 사람들을 만날 때면 나는 깔보이지 않으려고 일부러 더 힘든 일을 찾아서 하곤 했다.

가끔 이런 것으로 나는 허세도 부린다. 이를 테면 전시 설치를 하는 날이다. 처음 뵙는 분들이 여럿 와 있고, 우리 전시 공간의 장비에 익숙하지 않은 분들도 있어서 나는 전시 공간을 돌아다니면서 여러 가지 일을 도와주고 있다. 굳이 하이힐에 정장 스커트를 입고 말이다. 그렇게 전시 공간을 돌아다니다가 다소 독특한 형태의 조명을 조정하는 데 애를 먹는 어떤 분을 발견한다. 나는 여유 있는 표정으로 "제가 할게요"라고 말하고는 스커트를 입은 채 사다리 꼭대기로 올라가서는 양손으로 조심스레 균형을 잡으면서 유난히 높은 천장에 달려 있는 조명 위치를 바꾼다.

"큐레이터가 그런 것도 하나요?"

누가 감탄을 내뱉으며 이렇게라도 물으면 나는 어깨에 힘이 더 들어간다. 하지만 겉으로는 내색하지 않으려고 애쓰면서 짐짓 아무 일도 아니라는 듯 쿨하게 대꾸한다.

"이런 것쯤은 평소엔 제가 다 하죠."

작은 전시 공간의 큐레이터라면 인력도, 자원도 없는 상황에서 대체로 모든 일을 도맡아 할 것이다. 하지만 전시 디자인이나 설치 시공을 담당하는 업체가 따로 있더라도 전시를 기획한 큐레이터는 현장으로 나가야 한다. 건축가나 인테리어 시공자가 현장에 나가서 진행 사항을 확인하지 않으면 안 된다는 원리와 같다고나 할까. 그래서 대형 전시 기관이라도 큐레이터는 설치가 진행되는 현장으로 나갈 수밖에 없고, 옆에서 감독하다가 답답하면 본인이 직접 하는 수밖에 없다.

큐레이터에게는 우아한 차림을 해야 할 때도, 사다리를 타야 할 때도 있다. 내가 아는 어떤 큐레이터는 세련된 애스콧타이에 패셔너블한 정장을 입고 다니곤 했는데, 나는 그의 책상 서랍 깊숙한 곳에 목공 장갑이 들어 있다는 것에 내기를 할 수도 있다.

고백하면, 사실 나는 현장에서 일하는 것을 좋아한다.

흥미로운 책을 읽거나 재미있는 연구를 할 때면 며칠이고 방 안에 처박혀 있을 수 있는 성격이지만, 그것만큼이나 몸을 움직이는 것도 즐겁다. 어떤 사람들은 머리가 복잡할 때 집의 가구를 새롭게 배치하기도 한다. 침대와 책상의 위치를 바꾸고 방을 싹 정리하고 나면 바뀐 집 안의 모습처럼 생각도 정리된다는 것이다. 나에게는 전시실이 있다. 사무실에서 가만히 앉아 있다가 생각이 엉키고 집중이 되지 않으면 나는 미뤄뒀던 일들을 한다. 전시실 벽면에 금이 간 것을 보수할 때도 있고, 오염물이 묻은 벽에 사포질을 하거나 천장에 달린 레일을 손보기도 한다. 이렇게 손으로 일을 하다 보면 머리가 맑아지고 엉켜 있던 생각의 타래들이 풀리기 시작한다.

게다가 전동 드릴을 들고 복도를 서성이다가 아는 사람이라도 만나면 "이쯤이야 늘 하는 거죠"라며 허세도 부릴 수 있다.

다만 객관적으로 봤을 때 나는 허세에 비해 현장 일을 잘하지는 못한다. 정확히 말하자면 다소 실수도 많고 어리숙한 편이랄까. 그래서 나의 직업을 안전하다고 평가해 준 보험 회사에는 미안하지만, 자잘한 부상은 일상이다.

예전에 전동 드릴을 사용하다가 장갑이 나사못의 회전에 빨려 들어가 손에 큰 상처를 입은 적도 있다. 그 뒤로 전동 드릴을 사용할 때면 늘 조심하곤 하지만, 그 외에도 일을 하면서 종종 소소하게 사고를 친다. 혼자 전시대를 옮기다가 제 발에 걸려 넘어져서 전시대 밑에 깔린다거나, 건타카를 사용하다가 손가락을 찔린다거나, 못을 박다가 망치로 손을 내리치는 일 등이다. 직접 무거운 액자를 벽에 걸고 내리기를 반복하다가 한 달 동안 손목과 허리에 물리치료를 받은 적도 있다. 다행히도 그리 무거운 가벽은 아니었지만, 설치 중에 옆에서 얼쩡대다가 깔릴 뻔한 적도 있다.

이따금 간담이 서늘해지는 상황을 겪기도 한다.

몇 년 전의 일이다. 나는 여느 때처럼 사다리에 올라가서 수명이 다한 조명 기구를 제거하고 있었다. 전시 공간은 대부분 층고를 높게 만드는 편이다. 천장이 높으면 작품이나 전시 가벽이 들어가도 답답한 느낌이 들지 않고, 조명이나 프로젝터를 설치해서 공간을 연출하기에도 좋다. 내가 일하는 전시 공간 역시 천장이 낮은 편은 아니어서, 가끔 천장을 손보거나 조명을 조정하기 위해 A형 사다리의 가장 높은 칸에 올라가서 바닥을 내려다보면 아찔한 기분이 들 때도 있다.

나중에 알게 된 일이지만, 현장 작업의 규칙에 따르면 사다리에 혼자서 올라가면 안 된다고 한다. 사다리가 제대로 균형을 잡기 위해서는 반드시 누군가가 밑에서 잡아

쥐야 하기 때문이다. 하지만 허세 부리기만 좋아했지 현장 일을 제대로 알지 못하던 내가 뭘 알았겠는가. 나는 사다리 작업이 얼마나 위험한 줄도 모르고 아무도 없는 전시 공간에서 혼자 사다리의 가장 높은 곳에 걸터앉아 조명을 만지고 있었다.

사다리가 다소 불안정하긴 했지만 나는 아랑곳하지 않고 천천히 일어서서 조명을 향해 손을 뻗었다. 한 손에는 새 전구를 들고 다른 한 손으로는 불이 꺼진 조명 기구를 빼려고 레일에 손을 대면서 말이다. 그때였다. 미묘하게 기우뚱하는 느낌이 들었다. 나는 재빨리 무게 중심을 옮겨서 균형을 잡으려고 했지만 생각만큼 빠르게 몸을 움직일 수가 없었다. 몸이 허공으로 떠오르는 듯한 기분이 들더니, 결국 뉴턴의 중력 법칙에 따라서 사다리와 함께 포물선을 그리며 바닥으로 낙하하기 시작했다. 누가 알았겠는가, 내 직업이 이렇게 스릴 있을 줄이야.

위기 상황에서 사람들은 시간이 느리게 흐르는 경험을 한다고 한다. 예를 들면 자동차 사고를 겪은 사람들은 차가 슬로모션으로 자신에게 달려오는 것을 봤다고 종종 말한다. 물론 이것은 기억이 만들어 낸 가짜 경험이다. 충격을 받으면 인간은 아주 디테일한 것까지 기억하게 되는

데, 이것이 나중에 슬로모션이었던 것처럼 머릿속에 저장되는 것이다.

자동차 사고와 비교하기에는 좀 덜 위험한 상황이지만 나 역시도 그 순간을 슬로모션으로 기억한다. 소설에서 흔히 말하듯 '인생이 주마등처럼 스쳐 지나가는' 일은 벌어지지 않았다. 사다리가 기울어지는 그 0.001초의 순간 나는 등으로 떨어지는 것이 나을까 발로 착지하는 것이 나을까 머릿속으로 재보기도 하고, 만약 머리부터 떨어져서 정신을 잃고 있으면 발견될 때까지 시간이 얼마나 걸릴까 걱정하기도 하고, 또 황당한 아이디어이지만 사다리를 발로 차고 공중으로 뛰어올라 공중제비를 한 뒤에 어릴 적 배웠던 태권도 낙법으로 착지하면 멋질 텐데 하는 생각도 했다. 그러면서 한편으로는 조명이 바닥으로 떨어지면 깨질 텐데 그 파편은 누가 다 치울 것이며, 그렇기 때문에 조명은 손에 꼭 쥐고 있어야겠다고 결심도 하면서 말이다.

다행히도 사다리는 벽 쪽을 향해 낙하하고 있었다. 내가 현실적으로 도움이 전혀 안 되는 여러 가지 생각들을 하는 동안 포물선을 그리며 바닥을 향해 가던 사다리 꼭대기가 전시실 벽 한가운데에 부딪히며 멈췄다. 그러고는 미끄러운 마룻바닥에서 사다리가 서서히 미끄러지기 시작했다. 나는 사다리에 발이 걸린 채 허우적대다가, 창문에 부딪힌 개구리처럼 벽에 두 손을 짚은 채 미끄러지듯 아래로 낙하했다. 벽에 쓸린 자국이 팔과 다리에 남긴 했지만 심하게 다치지는 않았다. 다만 감시 카메라에서 바로 보이는 곳에 있었으니 한동안 기록에 남아 있을 내 흑역사가 부끄러울 뿐이었다. 이렇게 비극이 될 줄 알았던 사고는 슬랩스틱 코미디로 끝나버렸다.

나는 그 뒤로 되도록 혼자 있을 때는 사다리를 사용하지 않는다. 그 사고는 너무 부끄러워서 다른 사람들에게 절대 말하지 않았는데, 생각해 보면 혼자 사다리를 타고 올라가는 것이나 사람들이 많은 데서 굳이 정장 스커트를 입고 짐짓 아무 일도 아니라는 듯 사다리에 올라가고 어설프게 전동 드릴을 들고 설쳤던 일이 모두 일종의 허세라는 것을 그제야 깨달았던 것이다.

나와 내가 아는 사람들만 그런지는 모르겠지만, 아는 큐레이터들을 만날 때면 우리는 서로 누가 더 험한 일을 하는지 경쟁하곤 한다.

누가 사다리에 올라가서 전시품 위치 조정하느라 힘들

다는 얘기를 꺼낸다. 그 옆에 있던 사람은 전시 공간에서 액자 걸 때 쓰는 나사못은 자신이 다 박았다고 뻐긴다. '그 정도는 다 하는 것 아닌가' 하고 생각하고 있으면 어떤 대단한 분이 나타나서는 왕년에 전시 공간에 들어가는 디오라마를 본인 손으로 다 만들었다고 자랑한다. "물론 전시대도 내가 목공 작업부터 도색까지 다 했지"라고 덧붙인다. 존경 어린 웅성거림이 좌중에 퍼진다.

나는 주로 이런 자리에서 내가 어떻게 부상당했는지, 물리치료를 얼마나 받았는지를 이야기하면서 자랑 아닌 자랑을 하곤 했다. '이런 것쯤이야' 하는 표정 역시 빠뜨리지 않았다. 물론 사다리에서 떨어지는 일을 겪은 뒤로는 다소 부끄러운 기분이 들어서 그만두기는 했다. 결국 잘하지도 못하는 일을 하겠다며 허세를 부리다가 크게 한 방 먹은 셈이었으니까 말이다.

사실 큐레이터들이 직접 전동 드릴로 나사못을 박고, 사다리를 타고, DIY 공예 솜씨를 뽐내는 가장 큰 이유는 바로 예산 때문이다. 대규모 전시를 치를 만한 예산이 되는 곳이라면 모르겠지만, 전국의 크고 작은 전시 기관은 시설을 유지하는 데 대부분의 예산을 사용한다. 그러다 보니 전시를 하고 싶어 죽겠지만 예산은 부족한 기관의 큐레이터들은 온갖 창의적인 아이디어를 짜내서 돈을(전시 예산을) 절약한다. 그러다 보니 전시 설치 작업과 심지어 목공 작업까지 스스로 배워가며 하는 수밖에 없다.

아마도 여기서 소위 '자부심'이 나오는 것이 아닌가 싶다. 열악한 환경에서 혼자 이 작품 다 걸고, 전시대도 만들고, 이렇게 전시를 했다는 성취감이랄까. 게다가 여전히 사람들은 큐레이터가 유유자적 전시실이나 거닐면서 우아하게 작품 설명이나 하는 사람이라고 생각하니까 더 그러는지도 모른다.

그렇게, 오늘도 나는 열심히 사다리에 오른다. 나 말고는 딱히 할 사람이 없기 때문이기도 하지만, 반쯤은 "큐레이터도 이런 일을 해요?"라고 묻는 사람들에게 뻐기기 위해서 말이다.

하지만 요즘은 정장 스커트 대신 낡은 트레이닝복으로 갈아입고, 구두 대신 운동화를 신는다. 사람들에게 사다리를 잡아달라고 부탁하는 것도 잊지 않는다. 어설프게 허세 부리는 대신 나는 안전하게 일할 궁리를 한다. 큐레이터라는 직업의 안전 등급을 '비위험'으로 분류한 보험회사를 실망시킬 수는 없지 않은가.

전시의 시작과 끝,
화이트 큐브를 만나는 시간

얼마 전 또 하나의 기획전이 끝났다. 전시가 끝난 뒤, 나는 아무 사고 없이 잘 지나갔다는 기쁨보다는 가슴에 구멍이 뻥 뚫린 것 같은 허전함을 느꼈다. 가끔씩 기획전이 끝나고 나면 이렇게 센티멘털해질 때가 있다.

특히나 힘든 전시였다. 여러 기획자와 작가가 참여한 전시였기에 의견을 조율하고 일정을 만드는 것부터가 유난히 어려웠다. 설치 작품도 많고 관리가 까다로운 작품도 많아서 이를 관리하는 도슨팅 자원봉사자들의 교육도 힘들었다. 그래서 이번 전시는 진행되는 내내 거의 매 주말마다 출근하거나 전화기를 붙들고 있어야 했다. 하지만 생각보다 많은 사람들이 왔고, 모두 너무 재미있게 보았다는 평을 남겨줘서 힘든 만큼 보람도 컸다.

그렇게 전시가 끝나고 작품 철거가 시작되었다.

전시 철수를 하는 날은 공휴일이었다. 모든 것이 고요하게 가라앉아 있는 아침, 전시실에 와서 마지막으로 혼자 작품을 만끽해 본다. 30분 뒤에는 작품 운송 업체와 함께 설치 작품의 작가들이 와서 작품 철수를 시작할 것이다. 사람들의 눈길을 끌던 미디어 작품은 스위치가 뽑혀서 원래의 속성인 전자 제품으로 되돌아가며, 전시실 벽에 걸려 있던 작품은 조심스레 내려져서 포장이 되고, 전시 기간 내내 돌아가던 설치 작품들은 작가의 손에 의해서 다시 분해된다. 그리고 남는 것은 하얀 벽뿐이다.

자신이 행한 일이 매일 무無로 돌아가는 것을 지켜보는 시시포스의 마음이 바로 이런 것일까. 전시가 끝나는 것이 섭섭했던 나는 그리스 신화에서 비유를 찾는다. 시시포스는 신들의 저주를 받아 무거운 바위를 산 위로 옮기는 형벌을 받은 인물이다. 그는 매일매일 자신이 힘들게 산 위로 끌어올린 바위가 다시 아래로 굴러 떨어지는 것을 보아야 했다.

전시 철수 날, 나는 열심히 기획하고 작업을 했던 이 공

간이 이제는 다시 아무것도 없는 빈 공간으로 되돌아간다
는 사실을 깨닫는다. 작업이 시작되기 직전에 강박적으로
사진을 찍고 영상을 남긴다. 내가 열심히 기록을 남기면
사라짐을 늦출 수 있을 것 같은 기분이다. 아니, 사라진다
고 해도 뭔가 흔적이 남아 있겠지.

"안녕하세요!"

이런 내 마음을 아는지 모르는지, 야속하게도 작품 운
송 업체 직원들이 예정보다 조금 일찍 왔다. 나는 명랑한
목소리로 인사를 하면서도 아쉬운 마음에 전시 공간을 한
번 더 돌아본다. 그러고는 이내 마음을 다잡고 오늘 철수
할 작품들에 대해서 이야기하기 시작한다.

흔히 공연을 시간의 예술, 시각 예술을 공간의 예술이
라고 한다. 공연은 공연자와 무대, 관객이 같은 시간을 공
유하며 그 시간 동안만 벌어지는 무형의 예술이다. 하지
만 시각 예술은 유형적으로 존재하며, 그것이 존재하는
공간을 통해서 관람객과 만난다. 그러나 공간의 예술이면
서도, 작품이 있는 이 공간은 절대로 영원하지 않다.

특별 전시나 기획전을 한다면 그 기간 동안만 존재하는
공간이다. 작품은 일정 기간 동안만을 위해서 한자리에

모이며 공간 역시 그동안을 위해서 꾸며진다. 뮤지엄에서 영구적으로 전시되는 소장품도 시간대는 좀 더 길지만 마찬가지다. 전시 공간에서 조명과 사람들이 내뿜는 습기에 의해서 조금씩 산화해서 이따금 보존을 위한 휴식이 필요하다. 새로운 스타일로 전시실을 재배치하는 경우도 있다. 그럴 때면 작품이나 유물이 존재했던 그 공간은 변화하며, 완전히 사라질 때도 있다.

작품 운송 업체 직원들이 작품 철거 순서에 대해서 의논을 하고 난 뒤 가장 먼저 벽에 걸려 있는 액자를 떼기 시작한다. 그 순간, 나는 이 공간의 수많은 작품을 하나로 묶어놓고 있던 전시라는 마법이 깨졌음을 느낀다.

전시가 끝난 것을 아쉬워하고 있는 동안 설치 작품 철거를 위해 작가들이 한 분, 두 분 도착한다. 인스톨레이션 Installation 혹은 설치 미술 작품들은 대체로 한 공간에 맞게 작가에 의해서 설치된 1회적인 작품들이다. 같은 작품을 옮겨서 다른 곳에 설치하기도 하지만, 설치 작품은 공간에 따라 느낌이 달라진다. 현장에서 바뀌는 것도 많고 상황에 맞게 조금씩 조정될 때도 있다. 그래서 이런 설치 작품들은 작가가 직접 설치와 철거를 하는 경우가 많다.

나는 작가들에게 작업에 필요한 것들이 없는지 물어보

면서 이번 전시에 관람객들의 반응이 어떠했는지, 어떤 에피소드가 있었는지 조잘조잘 이야기한다. 사실 설치 작가들도 나만큼이나 전시 철수를 아쉬워한다. 설치 작품이라는 것 자체가 한 공간에 설치되어 관람객들과 교류를 할 때 의미를 가지는 작품이기 때문이다. 관람객들이 어떤 이야기를 하고 얼마나 많은 사람들이 다녀갔는지를 이야기하면서 나는 작가들과 함께 전시가 끝난 아쉬움을 달랜다.

작업하는 작가들과 함께 대화를 하고 있는 사이 작품 운송 업체 직원들은 벽에 걸린 평면 작품을 모두 떼어 포장을 하고 있다. 다소 무거운 작품들도 있어서 여러 명이 달려들어서 조심스레 포장재 위에 내려놓는다. 나는 얼른 달려가서 작품 상태를 한번 보고는 사람들이 움직이는 곳에 밟고 미끄러질 만한 공구나 포장재 조각이 없는지 살핀다. 작품이 마침내 포장재 위에 안착하면 나는 입맛을 쩝 다시면서 이제 그 작품이 포장 속으로 사라지는 것을 못내 아쉬운 표정으로 지켜본다.

작품들이 리프트에 오른 채로 전시 공간 밖으로 옮겨지기 시작하면 이제 나는 리스트를 들고 천천히 작품을 따라간다. 바로 앞에 미술품 운송용 차량이 서 있는 것이 보인다. 대체로 무진동에 항온항습 장치가 되어 있는 차량으로 회화 작품 등이 넘어지거나 서로 부딪히지 않도록 칸막이와 같은 장치도 되어 있다. 나는 운송 업체 직원들이 조심스레 작품을 옮기는 것을 보면서 작품 개수를 확인하고 사진을 촬영한다.

전시실 안에서는 작가들이 작품 철거를 거의 끝내고 있다. 이제 운송업체 직원들은 그곳에 붙어서 철거한 작품들을 포장한다. 이미 한 번 설치도 해봤던 작품 운송 전문가들과 자신의 작품을 가장 잘 아는 작가들이 함께 작업을 하다 보니, 철거된 설치 작품을 포장하고 무진동차에 싣는 데에는 한 시간도 채 걸리지 않는다.

이번 전시를 위해 작품을 선정하고 전시를 기획하고 의견을 조율하고 부수적인 업무를 하는 데 몇 달이 걸렸다. 전시 공간의 가벽을 만들고 작품을 설치하는 데에는 보름 가까이 걸렸고, 그 뒤로 한 달 넘는 기간 동안 전시가 진행되었다. 하지만 전시 공간에서 작품이 빠져나가는 데에는 겨우 세 시간이 걸릴 뿐이다. 나는 전시 공간을 떠나는 작가들과 작품 운송 차량을 배웅하고 난 뒤 다시 전시실로 돌아온다. 허무한 기분이 든다.

다음 날은 전시 공간을 연출하기 위해 만들었던 가벽을

철거할 차례다. 가벽 설치를 담당했던 공사업체가 다시 들어와서 이번에는 공간을 원상으로 복구한다. 아침부터 전시 공간 안에 커다란 쇠망치로 합판을 부수는 쿵쿵 소리가 크게 울려 퍼진다. 나는 전시 공간 여기저기에 흩어져 있는 각목들과 부서진 합판들을 피해 요리조리 움직이면서 진행 사항을 체크한다.

전시를 할 때 종종 합판으로 된 가벽을 만들어서 전시 공간을 구획하고 연출하는 데 사용하는데, 전시용 가벽은 재사용을 위해 만들어서 재활용하는 경우가 많다. 그러나 이번 전시를 위해서 사용한 가벽은 이번 전시만을 위해 맞춰서 제작된 일회용이라서 아깝지만 전시가 종료된 후 폐기된다. 최근에는 전시에서 나오는 폐기물에 대한 경각심이 조금씩 생기고 있는 추세다. 국제박물관협의회[ICOM]에서도 지속 가능한 발전이나 기후 변화에 대해 경각심을 깨우는 논의들이 벌어졌으며, 국내에서도 전시 이후 나오는 폐기물에 대한 전시가 진행된 적이 있을 정도다. 전시 공간 밖으로 실려 나가는 폐자재들을 보면서 나는 아쉬움과 함께 죄책감을 느낀다.

가벽이 하나둘씩 철거되고, 전시를 위해서 만들어 놨던 공간 연출 장치들도 조금씩 분해된다. 벽에 붙어 있던 전시 안내문과 작품 설명글이 떨어지고, 가벽과 공간 연출용 장치들로 꾸며졌던 전시 공간도 원래의 모습으로 되돌아오기 시작한다. 이렇게 전시 공간이 조금씩 본모습을 회복하는 것을 보면서 전시가 끝났음을 다시 한번 절감한다.

철거 작업은 반나절 만에 끝이 나버렸다. 공간에 맞춰서 재단하고 설치하는 데에만 보름 가까이 걸렸지만 부수는 것은 금방이다. 휘몰아치듯 작업을 끝낸 공사 팀들이 언제 왔냐는 듯 떠나버리고 난 뒤에 나는 목재 먼지와 나사, 스티커 조각 따위가 흩어져 있는 텅 빈 공간 안에 혼자 남는다. 벽에는 나사 자국과 작업 중에 긁힌 자국들이 남아 있다. 이제 벽면을 보수하고 마무리를 할 차례다.

목공 작업을 했던 공사 팀이 벽면 보수까지 다 마무리해 주는 경우도 있지만, 대체로 그 일은 내가 일하는 기관의 몫이다. 큰 기관들이야 시설 팀이 따로 있지만 여기서는 어림도 없다. 결국은 내가 맡아야 하는 일이라는 뜻이다.

전시가 끝난 뒤 벽면을 보수하는 작업은 의외로 내가 가장 좋아하는 일 중 하나다.

나는 기본적으로 몸을 움직이는 일을 좋아하는 편이라 사무실에 오래 앉아서 서류 작업을 하다 보면 좀이 쑤실 때가 많다. 전시가 끝난 뒤에 하는 벽면 보수 작업은 나에게 일종의 활력제 같다. 나는 신이 나서 어깨를 으쓱으쓱 하면서 작업 도구를 가지러 창고로 간다.

전시 공간의 벽들은 대체로 나사못을 박을 수 있도록 합판 등으로 만들어진 벽에 핸디코트라고 부르는 퍼티가 칠해진 경우가 많다. 이 편이 나사못을 박기도 쉽고, 전시 공간을 연출했다가 다시 보수하기도 편하기 때문이다. 내가 일하는 전시 공간 역시 기본적으로 백색 퍼티가 발린 채 흰색으로 도색된 벽으로 되어 있다. 나는 나사를 박고 난 뒤 생긴 구멍을 메우고 그 위에 같은 색 수성 페인트를 발라 감쪽같이 흔적을 없앤다.

늘 구비해 놓는 흰색 퍼티를 눈대중으로 떠서 팔레트 위에 담은 뒤 내가 아끼는, 그래서 작업용 창고 깊숙이 숨겨놓는 작은 고무 스크레퍼를 꺼내 전시실로 향한다. 흰색 벽면은 나사못에게 무차별 공격이라도 받은 것처럼 보인다. 시공자가 실수로 같은 곳을 여러 번 뚫은 적도 있었는지 박락이 심한 곳도 있고, 작업을 하면서 그은 연필 자국이나 관람객의 손에 의해 때가 탄 부분도 보인다. 할 일이 많다는 생각에 한숨이 나오기보다는 가슴이 뛴다.

우선 음악을 선택한다. 전시가 끝나고 이 작업을 할 때면 나는 좋아하는 음악을 틀어놓는다. 텅 빈 전시 공간은 소리가 굉장히 잘 반사되어 음악을 틀면 마치 콘서트장에 온 듯한 느낌이 든다. 오늘 선택한 음악은 다소 차분하지만 고음이 인상적인 노래다. 나는 반복 재생을 설정해 놓고, 음악을 흥얼거리면서 장갑을 끼고 작업을 시작한다.

나사 구멍을 메우는 일은 생각보다 쉽다. 퍼티를 조금 떠서 그 구멍 위에 슥슥 바르면 일부는 나사 구멍 안으로 들어가고 일부는 벽면에 발린다. 그것을 몇 번 반복하다가 나사 구멍 가장자리 벽면에 바른 퍼티를 고무 스크레퍼로 슥슥 긁어내고, 퍼티가 다 마르면 사포로 살짝 갈아줘서 편평하게 만든다.

전시 공간 안에 크게 울려 퍼지는 고음의 노랫소리를 들으며 무아지경에 빠진 채 작업을 반복한다. 퍼티를 바르고 다시 긁어내고, 퍼티를 펴서 바르고 다시 한번 긁어낸다. 이렇게 아무 생각 없이 반복하며 작업하다 보면 온갖 잡생각으로 가득 차 있던 머리가 비워지고 기분이 상쾌해진다. 전시를 하면서 실수했던 것들, 전시가 끝난 데 대한 아쉬움, 그리고 전시 후 몰려올 대량의 서류 작업에 대한 걱정들도 잠시 잊힌다. 그렇게 음악을 들으면서 작업을 계속하다 보면 퍼티 작업이 끝나 있다.

이번에는 작업을 하는 동안 거의 다 마른 퍼티를 편평

하게 펴기 위해서 사포로 갈아낼 차례다. 나는 벽면을 꼼 꼼하게 살피면서 사포로 마른 퍼티 위를 문지르기도 하고 연필 자국 같은 작은 흔적들을 갈아내어 희미하게 만들기 도 한다. 사포 작업은 금방 끝이 난다. 이제 마지막으로 수성 페인트를 바른다. 실눈을 뜨고 붓을 든 채 천천히 벽 을 살피다가 퍼티로 구멍을 메운 곳과 손때가 탄 벽면을 찾아서 칠을 한다. 언제 끝날까 싶었던 작업도 어느새 끝 나 있다. 좀 더 놀고 싶은 아이처럼 아쉬워하면서 더 칠할 데는 없는지, 내가 놓친 자국들은 더 없는지 살펴보지만 더 이상 눈에 띄는 곳은 없다.

다음 날 전시 공간은 대청소를 한 뒤에 다시 반질반질 한 바닥과 하얗게 빛나는 벽이 있는 원래의 모습으로 되 돌아온다. 마치 아무 일도 없었고 늘 그렇게 있었던 것처 럼, 전시 공간은 텅 빈 채 적막 속에 잠겨 있다.

세상에 영원한 것이 어디 있겠느냐마는 전시는 아무것 도 남기지 않는다. 전시가 열릴 때는 사람들로 북적이던 공간이었지만, 이제 가벽이며 작품들은 애초에 존재하지 도 않았던 것마냥 사라졌다. 몇 달간의 준비와 밤낮없이 고민했던 흔적들도 전시 철수와 함께 사라진다. 전시 도록과 내가 찍었던 사진이나 영상만이 '이곳에 전시가 있었구나'라고 어렴풋이 떠오르게 할 뿐이다. 내가 서 있는 이 전시 공간을 스쳐 지나간 수많은 사람의 전시에 대한 기억도 금방 사라질 것이다.

이렇게 한 전시가 끝난다. 그리고 곧 다음 전시가 시작될 것이다.

미술품 도난 사건의 진실:
범인은 늘 가까운 곳에 있다!

예전에 업계 사람들에게서 들었던 믿지 못할 이야기가
있다. 바로 한 사립 박물관 관장의 유별난 취미에 관한
것이다.

그 박물관은 관장이 평생에 걸쳐 수집한 오래된 의상
장식품들이 소장되어 있는 곳이었다. 그곳의 일부 유물에
는 진짜 보석이 박혀 있는데, 그런 유물들은 당연히 관람
객의 눈길을 빼앗기 마련이다. 물론 그 박물관에서는 그
런 엄청난 가격의 유물들을 전시할 때면 감시 카메라를
여러 대 배치해서 철저하게 지켰다.

그런데 그 박물관의 관장에게 재미있는 취미가 있었는

데, 바로 감시 카메라를 하루 종일 지켜보는 일이었다. 평생에 걸쳐 수집한 유물들이니 자식같이 소중해서 그런다고 생각할 수도 있겠지만, 그 관장에게는 좀 더 유별난 데가 있었다. 하루 종일 관장실에 앉아서 특별히 귀한 유물을 모니터로 지켜보고 있다가, 보석의 영롱한 아름다움에 반해 넋을 놓고 가까이 다가가는 관람객들을 발견하기만 하면 전시실로 연결된 방송용 스피커를 살짝 켜고 엄청나게 확고하면서 기계적인 목소리로 말한다.

"진열장에서 떨어지세요."

그렇게 고요한 전시실에 갑자기 울려 퍼진 목소리에 화들짝 놀란 관람객들이 진열대에서 뒷걸음질 치면, 관장은 회심의 미소를 지으면서 다시 모니터를 지켜보며 다음 타깃을 기다린다.

이 일화가 사실인지 아닌지 모른다. 하지만 나는 유물을 지키겠다는 신념으로 가득 찬 그 박물관장의 마음을 이해할 수는 있다. 아주 가끔씩은 나도 그런 장치를 갖고 있었으면 좋겠다는 엉뚱한 생각도 한다.

전시 첫날 관람객이 너무 많이 몰린 나머지 입구에서 사람들이 다치는 사고가 벌어졌던 해외의 한 박물관에 관한 기사를 읽은 적이 있다. 나는 그 기사를 읽으면서 인명 사고는 일어나지 않아야겠지만, 내가 기획하는 전시에 그 정도로 많은 사람이 몰려오면 얼마나 좋을까 하는 생각을 하곤 한다.

전시를 할 때 큐레이터가 가장 바라는 일은 관람객이 많이 오는 것이다. 나도 전시를 시작하기 전에는 조바심을 내면서 제발 관람객이 많이 왔으면 하는 기도를 한다. 하지만 정작 전시 공간에 행사가 있거나 단체로 방문한 관람객이 있어서 붐비게 되면 나는 기쁘면서도 덜컥 겁이 난다. 누군가가 작품을 훼손하거나 훔쳐 갈까 봐 두려워서다.

관광객이 몰리는 유명 박물관이 아니라면 대개의 경우 전시 공간은 전시 오픈을 하는 등의 행사 날을 제외하면 한적한 편이다. 내가 일했던 박물관이나 전시 공간도 마찬가지로 평소에는 인명 사고가 일어날 정도로 관람객이 몰리는 경우는 거의 없다. 그럼에도 불구하고 전시가 시작되고 관람객이 오기 시작하면, 나는 가끔씩 자다가도 화들짝 놀라서 깰 정도로 걱정을 하곤 했다. 전시를 한다는 것 자체가 수장고에 숨어 있던 보물들을 끄집어내어 사람들 앞에 보여준다는 것이며, 그 때문에 잠재적으로 훼손될 여지가 있기 때문이다. 말하자면 관람객이 없다면 전시는 존재하지 않지만, 관람객 때문에 전시된 유물이나 작품이 망가질 여지가 생긴다는 딜레마에 빠지는 것이다.

누가 전시된 유물이나 작품에 손을 대어 망가뜨리는 것도 두려운 일이지만, 전시를 할 때 더 무서운 사고는 도난이다.

루브르박물관의 〈모나리자〉는 한때 도난을 당해 몇 년간이나 행방이 묘연했고, 유럽의 어느 박물관에서는 어느 대담한 도둑이 관람 시간에 작품을 훔쳐 가는 사건이 발생하기도 했다. 때문에 국내외 유명한 박물관에서는 보험에 가입하거나 센서와 감시 카메라를 다는 등의 다양한 도난 대책을 세우고 있다. 그러나 예산이 적은 작은 박물관이나 전시 공간에는 값비싼 레이저 센서 장치가 있을리도 만무하고, 만지기만 해도 경비원이 10초 만에 달려오는 시스템도 없다. 감시 카메라와 출입 관리, 그리고 매의 눈으로 지키는 큐레이터가 있을 뿐이다.

기욤 아폴리네르는 앞에서 이야기한 모나리자 도난 사건에 휘말렸던 적이 있는데, 우리야 그런 일화들을 책으로 읽으며 흥미진진해하지만 아폴리네르나 당시 큐레이터는 그 상황이 마냥 재미있지는 않았을 것이다. 미술품이나 문화재 도난 사건은 영화나 문학에서 다소 로맨틱하게 그려지는 측면이 있는데, 그것이 무서운 범죄 사건이라는 것은 부인할 수 없는 사실이다. 나는 그런 영화나 픽션을 볼 때마다 도난 이후에 큐레이터가 겪어야 하는 온갖 고초들을 먼저 떠올린다. 도난 신고와 경찰 수사부터 보험 회사와의 서류 업무, 그리고 생존해 계시다면 자식 같은 작품을 도난당해 마음 상했을 작가까지.

유물이나 미술 작품은 흔히 돈으로 환산되곤 한다. 만약 한 작품의 가치가 천만 원이라면, 그것은 실제로 거래된 가격이거나 보험 가입을 위해 산출한 가치일 것이다. 일반적으로 천만 원이라는 가격을 가진 물건들은 다시 만들 수 있거나 대체 가능한 것들이 많다. 하지만 미술 작품이나 유물은 천만 원이라는 가격으로 대체할 수도, 환산할 수도 없다. 작품이나 유물은 천만 원이든 만 원이든 세상에서 유일한 보물이고, 그런 유물이나 작품이 사라진다는 것은 세상에 유일한 한 존재가 사라진다는 뜻이다.

그런데 바로 이런 사건이 실제로 내가 기획한 전시에서 벌어지고야 말았다.

지역에서 존경받는 어느 노 화가의 작품을 전시하고 있을 때였다. 대체로 큰 데다가 무거운 유리 액자를 씌워서 몰래 가져가기도 힘든 작품들이었다. 게다가 얼마 전에 새로 구입한 관람자용 차단봉도 철저하게 세워놓았기 때문에 나는 훼손에 대해 살짝 안심을 하고 있었다.

전시가 있을 때면 나는 대체로 전시 공간과 사무실을 오가면서 일을 한다. 사무실에서 일을 하다가 가끔씩 다리도 펼 겸 전시 공간을 한번씩 둘러보는 식인데, 문제의 그날 역시 여느 때처럼 사무실에서 업무를 하고 있다가 머리도 식힐 겸 전시 공간을 둘러보러 갔다.

전시실에 들어서자 고요함이 나를 맞이했다. 조용한 전시실에 또각또각 내 구두 소리만이 기분 좋게 울려 퍼졌고, 그날따라 기분이 좋았는지 콧노래까지 흥얼흥얼 나왔다. 전시를 준비하면서 지겹도록 보아서 거의 외우고 있는 작품들이 눈앞에 펼쳐졌다. 나는 전시 공간의 고요함을 만끽하면서 한 작품씩 마치 처음 보듯 감상하기 시작했다.

그때였다. 부자연스러운 빈 공간이 눈에 들어왔다. 밝은 조명이 비추고 있어서 하얗게 빛나고 있는 그 텅 빈 벽에는 작품을 걸기 위한 와이어만 외롭게 매달려 있었다.

머리카락이 비쭉 섰다. 작품이 사라진 것이다.

나에게도 악몽 같은 사건이 벌어지다니! 나는 경악한 나머지 텅 빈 벽 앞에서 한참 동안 발을 떼지 못했다.

나는 평소 비관적인 방향으로는 상상력이 지나칠 정도로 풍부한 편이다. 사라진 작품에 대한 책임을 어떻게 질 것이며, 작가에게는 어떻게 보상할지, 그리고 작가에게 내가 개인적으로 변상해야 할 경우 남은 학자금 빚은 어떻게 해야 할지 등의 생각이 내 머릿속에 꽉 찼다. 물론 내가 개인적으로 변상할 일은 없으며 학자금 대출이란 걸 받아 본 적도 없었지만, 머릿속으로 비극을 쓰고 있던 그 순간의 나에게 그런 이성적인 생각은 전혀 떠오르지 않았다.

다음으로 내 상상력이 도달한 곳은 어떻게 범인을 찾을까 하는 것이었다. 감시 카메라를 돌려서 도난 사건이 벌어진 시간대를 찾아내고, 건물 안의 감시 카메라와 건물 밖의 카메라를 다 뒤져서 범인이 탄 자동차 번호를 통해 추적하거나 필요하다면 인근 상가의 감시 카메라를 뒤져서라도 목격자를 찾아내 범인을 쫓아야지, 라고 이번에는 머릿속으로 탐정물을 쓰기 시작했다.

그렇게 한 몇 분 동안 온갖 생각을 하면서 서 있는 동안 정작 나는 이 사건을 관장님께 보고하거나 경찰에 신고할 생각은 전혀 못 했다. 머릿속으로 소설을 써대느라고 현실적인 생각들은 떠오르지 않았기 때문이다.

잠시 후, 조금 정신을 차린 나는 사무실로 달려가서 이 사건을 상사에게 보고했다. 경찰에 신고하기 전에 감시 카메라 내용을 확보해야 하지 않을까 생각하며 대책을 세우다가, 문득 작가님에게도 이 사실을 알려야 한다는 데까지 생각이 미쳤다.

나는 무거운 마음으로 핸드폰을 주머니에서 꺼내 들고 작가님에게 전화를 걸기 시작했다. 신호음이 가는 동안 무슨 말을 해야 할지 고민하기 시작했다. 손이 덜덜 떨렸다. 평생 예술가로 작업을 해오신, 꽤나 연세가 많은 작가님이었다. 공들여 작업한 작품을 도난당했다는 소식에 연로한 작가님이 뒷목을 잡고 쓰러지기라도 하면 어쩌나 걱정되었다.

그렇게 작가님이 전화를 받았다. 나는 느릿느릿 서론을 꺼내며 조심스레 말했다.

"선생님, 작품 한 점이 사라진 것 같아요…….""

"응? 뭐라고?"

수화기 너머로 소리가 잘 들리지 않는 것 같았다. 에코가 심한 공간에 있는 듯 작가님의 목소리도 잘 들리지 않았다. 나는 목소리를 가다듬고 다시 한번 큰 목소리로 말했다.

"선생님, ○○○ 작품이 없어져서요…….""

"아, 그거? 내가 가져갔지."

연세가 지긋한 어르신답지 않게 무척이나 천진하고 명
랑한 목소리로 작가님이 대꾸했다. 나는 저도 모르게
"네?" 하고만 되물었다.

알고 보니 사건의 전말은 이러했다. 전시가 시작한 뒤
걸어놓은 작품이 그다지 마음에 들지 않았던 이 노 화가
선생님은 작품을 바꿔야겠다고 생각하셨다. 마침 최근 작
품 중에 그 자리에 걸 만한 작품이 있으니 금상첨화였다.
그러고는 큐레이터에게 말씀하시는 것을 깜빡하고 전시
공간에 와서 우선 걸려 있던 작품을 떼어서 본인 차에 실
어버렸다. 내가 전화를 했을 때, 작가님은 자신이 걸고 싶
었던 작품을 전시실로 막 가지고 오고 있던 차였다.

그러니까 정리하자면 내가 전시실에서 작품이 사라진
것을 발견하고 그 앞에 서서 몇 분 동안 머릿속으로 온갖
시나리오를 써대는 동안 작가님은 떼어낸 작품을 차로 가
지고 걸어가는 중이었고, 내가 사무실에서 상사에게 보고
하고 대책을 세우려다가 전화를 했던 그 시점에 교체할
작품을 가지고 전시실로 되돌아오는 중이었던 것이다. 단
10분간의 그 엇갈림에 작품이 사라진 것을 발견한 나는
도난 사건으로 오해해 버렸다.

"작품을 말도 안 하고 그냥 가져가시면 어떻게 해요, 선생님."

나는 다리에 힘이 풀려서 후들거리는 것을 느끼면서 다른 작품을 들고 온 작가님에게 원망 어린 표정을 지으며 말했다.

"어이구, 우리 큐레이터 선생한테 미안하네."

머리가 허옇게 센 노 화가 선생님이 혀를 샐쭉 내밀며 귀여운 표정으로 말했다.

"난 방해될까 봐 그냥 말 안 하고 작품을 바꿔놓으려고 했지."

아직도 놀란 표정을 감추지 못하는 나를 보면서 미안한 표정으로 웃는 이 할아버지 예술가에게 뭐라고 더 화를 내겠는가. 지옥과 천국을 오갔던 그 몇 분을 생각하니 헛웃음이 터져 나왔다.

내가 겪은 미술품 도난 사건은 그렇게 황당하게 끝이 났다. 몸에 달라붙는 타이츠를 입고 곡예하듯 레이저 센서를 피하는 미모의 도둑도 없었고, 미술품 도둑을 추적하기 위해서 감시 카메라를 뒤지거나 탐문 수사를 하는 일도 없었으며, 경찰과 도둑이 벌이는 숨 막히는 차량 추격전도 없었다.

그저 작품을 가져가기 전에 말하는 것을 깜빡한 귀여운 노 예술가와 상상력이 지나친 큐레이터가 있었을 뿐이다.

2장

소소하게, 큐레이터

세상 모든 큐레이터를 이어주는
하나의 교집합

처음 만난 사람에게 직업이 '큐레이터'라고 하면 열에 여덟은 "멋있는 일 하시네요"라고 반응을 한다. 사람들은 큐레이터라는 단어에서 하이힐을 신고 반질반질하게 잘 닦인 전시 공간을 우아하게 걸어 다니면서 작품을 설명해 주는 사람의 이미지를 떠올린다. 이유는 모르겠지만 그 상상 속의 인물은 출중한 미모에 어딘가 고급스럽고 우아한 이미지를 풍기며, 말은 아나운서처럼 유창하게 잘한다.

유감스럽게도 이런 이미지 중에 나한테 해당되는 것은 하나도 없다.

물론 사람들이 생각하는 '큐레이터'의 이미지가 워낙

공고한 덕에 원래보다 좋게 보는 사람도 있지만, 객관적으로 봤을 때 나는 확실히 평범한 외모에 평범한 취향인 데다가 말을 할 때 다소 두서없는 편이다.

초짜 큐레이터로 일하기 시작하면서 어쩐지 나를 큐레이터라는 이미지에 맞춰야 할 것 같다는 생각이 들었다. 그래서 정장에 하이힐을 신고 다니면서 최대한 우아한 목소리를 내려고 노력하며 사람들에게 말을 걸었고, 다른 큐레이터들은 어떻게 하고 다니는지를 살피기 시작했다. 큐레이터의 이미지에 나를 맞춘다면, 나도 이 직업에 진정으로 속할 것 같다는 생각이 들었다.

큐레이터들이 실제로 어떤 사람들인지 이야기하기 위해서는 우선 큐레이터가 뭔지 이야기를 해둘 필요가 있다. 많은 사람들이 "큐레이터는 전시를 설명해 주는 사람이죠"라고 말하기도 하고, 요즘은 무언가를 골라준다는 개념으로 '○○큐레이터'라는 조어를 많이 쓰기도 한다. 사실 이 큐레이터라는 직업 자체가 설명하기에 너무 복잡해졌다.

일단 넓게 정의하면 이렇다. 큐레이터는 박물관(미술관), 전시관, 갤러리 등 다양한 공간에서 일하는 사람이다.

이렇게 말하면 세상에 존재하는 수많은 큐레이터 중 적어도 한 사람은 이렇게 고쳐 말할 것이다.

"아니지! 큐레이터는 전시를 기획하는 사람이지!"

물론 맞는 말이다. 많은 큐레이터들이 다양한 기관에서 전시를 기획하고 있고, 큐레이터의 주요 업무가 전시 기획이다. 하지만 이 말을 들은 또 다른 큐레이터가 바로 반박한다.

"거참, 자넨 뭘 잘 모르는구먼. 큐레이터 중에서 학술 연구를 하거나 소장품 관리를 하는 사람도 있다고."

오, 이것도 그럴듯한 설명이라며 고개를 끄덕거리는데 또 다른 큐레이터가 고개를 저으며 끼어든다.

"큐레이터는 미술 쪽 일을 하는 사람이고, 학예사는 박물관 쪽 일을 하는 사람 아닌가?"

그러자 이번에는 업계에서 꽤 일했고 오래전에 은퇴하신 어르신이 일어나서 근엄하게 선언한다.

"큐레이터는 미술 갤러리 쪽이고, 학예사는 박물관 쪽 일을 하는 사람이지."

어쩐지 권위에 눌려서 좌중이 조용해지는데, 포스트모더니즘을 배우며 자란 또 다른 큐레이터 하나가 튀어나와 이렇게 말한다.

"그건 번역의 문제죠. 한국의 특수한 상황에서 그런 식으로 번역되었을 뿐입니다. 결국 그 이름을 부르는 사람에 달린 거죠."

이런 식으로 '큐레이터'의 정의만으로도 끝나지 않을 토론을 하게 될지도 모른다. 갤러리, 전시 공간, 대안 공간, 문화 예술 회관, 문화 센터, 박물관, 미술관 등 세상에는 정말로 다양한 공간이 있고, 그 모든 공간에서 큐레이터들이 일을 하고 있다.

그리고 사람이 제각기 다르듯이 애초에 모든 큐레이터는 같을 수가 없다.

내가 만난 어떤 큐레이터는 반짝이는 푸른색 정장에 우아한 애스콧타이를 한 채 작가를 만나곤 했다. 어떤 이는 오지를 돌아다니면서 유물을 수집하거나 현지 연구를 하고, 또 어떤 큐레이터는 흙 묻은 청바지를 입고 헤비메탈을 들으면서 유물이 들어 있는 박스를 들여다보며 하루를 꼬박 보내기도 한다. 큐레이터라면 어쩐지 와인을 즐길 것 같은데, 캠핑 가서 소주 마시는 것을 낙으로 삼는 사람도 있다.

이따금 갤러리에서 일하는 큐레이터들을 볼 때, 정말 이분들이야말로 사람들이 생각하는 '우아한 큐레이터'의 이미지에 맞지 않는가 생각한다. 하지만 여기서도 분명히 어떤 이는 '큐레이터는 비영리 기관에서 일하는 사람'이라고 못 박으면서 '갤러리에서 일하는 분들은 갤러리스트라고 한다'라고 말하는 이도 있을 것이다.

한동안 나는 사람들이 "멋있는 일 하시네요"라고 말할 때마다 계면쩍은 미소를 지으면서 얼버무리곤 했다. 사람들이 말하는 '멋있는'에 내가 어울리지 않는다고 생각했다. 그러면서 큐레이터가 실제로 어떠한지, 내가 핸드백 안에 왜 드라이버랑 커터칼 같은 다소 의심스러운 공구들을 가지고 다니는지 설명하면서 사람들이 가지고 있는 이미지가 실제와 다르다는 것을 증명하기 위해서 애쓰곤 했다.

사실 현장에서 일하는 많은 큐레이터들은 전시실에서 우아하게 걸어 다니는 시간보다 책상에 앉아서 전시와 관련된 서류를 처리하고 정산하는 데에 더 많은 시간을 투자한다. 소위 '노가다'라고 불리는 전시 설치 작업에 직접 뛰어들기도 하고, 작가와 만나거나 유물에 대해서 조사를 한다. 그렇기 때문에 가끔 '멋있다'라는 말을 들을 때마다 목덜미가 간질간질해질 정도로 어색한 기분이지 않을까 싶다.

하지만 큐레이터라는 직업의 정의도 다양하듯이 큐레이터가 무엇을 입느냐, 어떤 취향을 가졌느냐 역시 그들의 성격이나 살아온 인생에 따라 천차만별이다. 나는 다양한 분야에서 일하는 큐레이터들을 만나면서, 나조차도 큐레이터라는 직업에 대해서 편견을 가지고 있었음을 깨달았다. 무엇을 입고 다니건, 어떤 취향을 가졌건, 어떠한 성격이건 간에 큐레이터들은 모두 작품에서 아름다움과 의미를 발견하는 사람이다.

소소하게, 큐레이터

나는 아침에 미술관에서 혼자 걷는 것을 좋아한다. 청승맞은 취향일지도 모르겠지만, 아침의 고요함이 가만히 내려앉아 있는 전시실을 홀로 걷다 보면 이 세상에 나 혼자만 있는 듯한 비현실적인 기분이 든다. 아니, 나 혼자만이 아니라 아름다운 예술 작품들과 나만 남아 있다고 하는 것이 보다 정확한 표현일 것이다.

나는 박물관에서 일을 처음 시작했지만 지금은 주로 미술 전시를 담당하고 있다. 업무가 세분화되어 있는 대형 기관이 아니다 보니 이곳에서 큐레이터는 나 혼자다. 말하자면 나는 총 책임자이자, 조수이며, 시설 관리자이기도 하다. 그렇기 때문에 아침에 전시실을 오픈하고 저녁에 문을 걸어 잠그는 것도 내가 한다. 그 덕에 아침에 출근하면 예술 작품이 걸려 있는 넓은 공간을 오롯이 독점할 수 있다.

전시실 문을 열고 들어가면 건조한 공기 냄새가 나를 맞이한다.

요즘에는 비 냄새, 흙 냄새, 숲 향기 등 온갖 냄새로 향수를 만들던데, 아마 아침 시간 전시실의 냄새를 향수로 만든다면 도서관 서가에서 나는 향과 화가의 작업실에 들어가면 맡을 수 있는 물감 냄새를 조금씩 섞어놓은 향기일 것이다. 그 향기는 고요하고 아득하며, 떠들썩한 세상과 분리된 기분이 들게 한다.

전시 공간에는 대체로 형광등을 쓰지 않는다. 그래서 아침에 반질반질한 마룻바닥을 걸어가면서 작품을 점검할 때면 백색의 차가운 형광등 대신 따뜻한 느낌의 조명에 기분이 좋아지곤 한다. 오드리 헵번에 빙의해서 커피라도 한잔하며 우아하게 거닐고 싶지만, 일단 전시 공간에는 음식물 반입이 금지되어 있으며 무엇보다도 내 손에는 열쇠와 핸드폰, 가제 수건, 리플릿 등 들려 있는 것이 너무 많다.

핸드폰 플래시라이트로 작품 여기저기를 비추면서 전날 누가 만져서 파손되지는 않았는지, 유리 케이스에 지문이 묻어 있지는 않은지 점검한다. 전시 리플릿을 채워 넣고 작품 캡션이 떨어지지 않았는지 살펴본다. 앗, 저기 유리 케이스에 지문이 묻어 있다. 나는 어쩐지 즐거워하면서 수건으로 조심스레 지문을 닦아낸다.

전시를 하나 열기 위해서는 전시 기간의 몇 배에 달하는 기간 동안 연구하고, 행정 업무와 서류 작업을 해야 한다. 좋아하는 아침 시간 전시 공간 걷기가 끝나고 나면 나는 곧바로 사무실로 향한다. 다음 전시를 위해서 작가와의 계약서를 만들고 비용을 처리하며 홍보물 교정을 봐야 한다. 보도자료를 쓰고 행사 큐시트를 작성하며, 작품 인수인계증을 준비한다.

가끔 컴퓨터 앞에 너무 오래 앉아 있다 보면 머리가 어질어질해질 정도로 열이 나기도 한다. 보통 회사원들은 담배를 피우러 밖에 나가거나 커피를 마시러 가는데, 나는 조용히 일어나서 수장고로 간다.

수장고는 작품이나 유물을 보관하는 일종의 창고라고 보면 된다. 유물이나 미술 작품은 온도와 습도의 변화에 매우 민감하기 때문에 이곳에서는 항온항습기가 365일 돌아간다. 그래서 여름에는 사무실보다 건조하고 시원하며, 겨울에는 기분 좋을 정도로 따뜻하다.

기관의 유일한 큐레이터인 나는 공식적으로 수장고 담당자이자 소장품 관리자이기도 하다. 교과서에서 배우기로는 수장고에 들어갈 때는 항상 2인 이상이어야 하며, 어떤 수장고는 외부의 오염을 막기 위해 덧신을 신고 들어가기도 한다. 하지만 내가 일하는 기관의 수장고는 그다지 크지도 않고 심각하게 오염을 걱정해야 하는 유물도 없다. 그래서 가끔씩은 이렇게 담당자의 권한을 이용해 혼자 수장고에서 재충전을 한다.

수장고에서 재충전을 할 수 없을 정도로 정신없이 바쁜 날도 있다. 전시 오프닝이나 연계 행사, 그리고 전시 설치가 있는 날 등 행사가 있으면 나는 이벤트 매니저와 케이터링 담당자, 또는 설치 시공자로 변신하기도 한다. 이벤트 업체를 고용하거나 식음료 케이터링 회사와 계약을 하기에는 다소 작고 비영리적인 기관에서 근무하다 보니 이런 날 방송 장비를 설치하고, 식음료를 준비하며, 행사 사회를 보는 일은 모두 큐레이터인 나의 몫이다.

오프닝이나 행사가 있는 날을 제외하고 내가 전시실에

서 바빠지는 때는 단체 관람과 전시 해설이 있는 날이다. 유일한 전시 책임자이자 운영 요원인 나는 유치원생들이 몰려오면 작품 관리원으로 변신한다.

미취학 아동들에게 입장을 허락하지 않는 미술관도 있지만, 전국의 많은 작은 전시 공간들에게 유치원생들은 관람객 수를 채워주는 고마운 고객이다. 초등학교 이상이 되면 안전 문제로 인해 견학을 위한 행정 서류와 차량을 준비하고 보험에 가입해야 하지만 유치원에서는 부모들의 동의만 받으면 비교적 자유롭게 일정을 정할 수 있다. 그래서 내 핸드폰에는 귀한 고객들인 유치원 원장님들의 전화번호가 수십 개 저장되어 있다.

이따금씩 나는 어린이를 위한 도슨트로도 변신한다. 말하기도 입 아프지만 전국의 많은 작은 전시 공간처럼 내가 일하는 곳도 큐레이터 한 사람이 모든 걸 도맡아서 하는 체제이고, 할 수 있는 것이라면 뭐든지 다 한다. 어린이들에게는 큐레이터가 항상 전시 설명만 하는 사람이 아니라고 하면서, 사실 나는 늘 사람들에게 전시 설명을 한다. 어쩌면 큐레이터가 전시실에서 설명하는 사람이 아니라는 말을 이제 그만해야 할지도 모르겠다.

조금만 한눈을 팔면 제각기 떠들썩하게 소리를 지르고

어디로 튈지 모르는 어린이 단체를 대상으로 전시 해설을 하다 보면 온몸에 힘이 쭉 빠진다. 그래서 그날 오후는 커피 없이는 도저히 버틸 수 없는 상태가 된다.

그래도 이렇게 단체 관람객이 많이 온 날은 퇴근 전 전시 공간의 문을 잠글 때 어쩐지 뿌듯한 기분이 들곤 한다. 사람들이 어떤 작품을 좋아했는지 떠올리며 미소 짓기도 하고, 어떤 날은 감시 카메라가 설치되어 있다는 사실도 깜빡한 채 관람객이 많이 온 것을 자축하는 의미로 어깨를 으쓱거리며 막춤을 줄 때도 있다. (경비 담당자님, 이런 모습을 보여드려 죄송합니다.)

잠시 텅 빈 공간을 한 번 더 만끽한 뒤, 나는 다시 클로징을 시작한다. 설치 작품이라면 작가가 요구하는 대로 작품을 끄고, 프로젝터나 영상 기기를 차례대로 끈다. 조명이 제대로 들어왔는지도 체크한다. 불빛이 조금 어둡거나 꺼져 있는 것이 있으면 내일 아침 새것으로 교체해야 할 것을 수첩에 써놓는다. 그리고 에어컨이 잘 꺼졌는지 확인하면서 바닥에 먼지가 많지는 않은지도 점검한다. 보통은 단체 관람객이 다녀가고 나면 다음 날 아침 건물 청소 담당자들에게 전시실 바닥 청소를 부탁한다.

청소 담당하시는 분이 따로 있다는 점에서 나는 운이

좋은 편이다. 내가 아는 어떤 공립 박물관의 큐레이터는 혼자서 전체 건물 청소를 다 한 적도 있다고 한다. 지방의 작은 공립 박물관은 대체로 시설공단 등에 소속되어 있다. 그곳에는 시설이나 행정을 담당하는 다수의 직원들, 그리고 자격증을 가진 사람이 박물관 등록에 필요하기 때문에 큐레이터를 한 사람만 두는 게 보통이다. 가끔씩 시설 담당 직원들이 맡은 일을 하기 귀찮아하곤 하는데, 답답해진 큐레이터가 직접 대걸레를 들고 100여 평 되는 박물관 전체를 청소했다는 전설 같은 이야기다.

그에 비하면 도와주는 분들이 있어서 운이 좋은 편이지만, 나 역시도 가끔은 빗자루를 들고 청소를 한다. 한번은 출근 첫날부터 기관 앞마당의 눈을 치운 적도 있다. 내가 아는 또 다른 큐레이터는 가을만 되면 다음 해 전시 걱정이 아니라 박물관 앞마당에 떨어지는 낙엽 치울 걱정에 한숨을 쉬기도 한다. 지금도 관람객들이 떨어뜨린 쓰레기를 쓸기도 하고, 수장고 바닥의 먼지 정도는 청소 도구를 빌려서 직접 청소한다.

혼자서 일하는 작은 전시 공간의 큐레이터라는 것은 모든 일을 본인이 도맡아 해야 하지만, 또 한편으로는 그 일을 하면서 전시를 유지하게 하는 모든 부분을 오롯이 경험할 수 있다는 뜻이기도 하다.

전시실에 붙어 있는 못 하나와 흰 벽의 스크래치까지 내 몸의 일부분처럼 잘 알고 있다. 어느 곳이 감시 카메라 사각지대인지, 그래서 그곳에는 되도록 케이스가 있는 작품을 배치해야 한다는 것도 기억한다. 사람들이 오프닝 때 어떤 음식을 좋아하는지, 청소하기에 편한 음식은 뭔지, 그리고 방송 장비를 어떻게 설치해야 사람들이 자연스레 그곳에 모여드는지 알고 있다.

물론 거대한 뮤지엄 건물과 그 안에서 여러 전문 분야로 나뉘어 일하는 큐레이터들도 있다. 그러나 많은 큐레이터들은 나처럼 작은 전시 기관에서 이렇게 일하고 있다. 사람들이 생각하는 것처럼 화려하고 멋지진 않지만, 소소하고 즐겁게.

작은 박물관 큐레이터라서 다행이야

민원 전화가 왔다. 내가 이곳에 들어오기 훨씬 전에 했던 교육 프로그램 수강료를 환불해 달라는 내용이다. 민원인의 말인즉슨, 과거에 수강료를 냈는데 단 한 번밖에 가지 못했으니 당연히 남은 금액을 환불해 줘야 하지 않느냐는 논리였다.

"선생님, 그런데 그 교육 프로그램은 5년 전에 끝났는데요."

나는 기어들어 가는 목소리로 항변해 봤지만 환불에 대한 민원인의 의지는 확고했다. 환불을 안 해주면 국민 신문고에 올리고 지자체에 항의를 할 것이라 한다. 그러면 좀 곤란해진다. 나도 곤란하고, 내 상사도 곤란해지며, 결국 내 일이 더 많아질 것이다.

한 시간을 같은 곳만 뱅뱅 도는 똑같은 대화를 한 뒤, 나는 수강료 입금 정보와 교육 프로그램 참석 여부를 확인하고 다시 전화를 걸었다.

"선생님, 죄송하지만 수강료 입금 여부는 물론이고 참석하셨는지 여부도 확실히 증명할 수 있는 자료가 없어서 환불이 힘들 것 같습니다. 혹시 영수증을 가지고 있지는 않으신지요?"

"몇 년 전 영수증을 내가 어떻게 갖고 있겠어? 나는 돈을 냈으니까 그쪽에서 증명을 하든 뭘 하든 해야지!"

공공 기관에서는 증명이 되지 않은 채로 환불 처리를 할 경우에 큰 문제가 생긴다는 변명도 먹히지 않았다. 물론 증명이 된다고 해도 회계연도 문제 때문에 환불이 가능하지도 않지만, 지난 한 시간의 통화에서 그 말은 해봤자 욕만 더 먹는다는 판단이 들어 하지 않았다.

그렇게 무려 네 시간 넘게 통화를 했고, 결론이 나지 않아서 다음 날 또 한 시간 넘게 통화를 하면서 세상에 태어나서 들어볼 수 있는 온갖 욕설을 다 들었다. 보다 못한 내 상사 중 한 분이 그만하라고 손짓하고는 나에게 만 원짜리 한 장을 던져주었다.

그랬다. 환불해야 할 돈은 만 원이었던 것이다. 나는 결국 은행에 가서 내 상사의 회사금으로 그 민원인에게 환불 처리를 했다.

가끔씩 이런 자잘한 업무들이 애먹일 때마다 나는 예전에 일하던 국립 박물관을 그리운 듯 떠올리곤 한다. 그곳에서 한동안 비정규직으로 일을 했는데, 내가 맡은 업무는 책 발간과 연구 업무가 다였다. 나는 회계 서류라고는 한 번도 만져본 적이 없었다. 출장비는 회계 담당자가 처리해 줬고, 나는 그저 콘텐츠에만 신경을 쓰면 되었다. 학예 담당 직원도 많아서 분야별로 많은 큐레이터들이 세분화된 업무를 하고 있었다. 좀 오래전의 일이라 아직도 시스템이 그러한지 모르겠지만, 혼자서 전시 업무를 비롯해 학예 업무를 모두 담당하는 작은 기관의 큐레이터에게는 부러울 따름인 환경이었다.

작은 기관에서는 큐레이터가 모든 일을 한다. 전시를 한다면 철물점에서 나사못을 사 오고, 서류 처리도 직접 하며, 오프닝 음식 메뉴를 직접 짜고 차리기까지 한다. 다음 전시 홍보물 뿌리러 다니면서 한편으로는 관람객 대상 안내도 하고, 가끔씩 걸려오는 민원 전화도 받아 처리해야 한다. 기획 전시 두 개가 바로 이어서 진행되기라도 하면 나를 하나 더 복제해서 업무를 분담하고 싶을 정도로 정신이 하나도 없다. 그러다 보니 가끔씩 계획을 세워 해나가야 할 일도 하나씩 까먹거나 엇갈릴 때가 많다.

어느 날, 열심히 의상 다림질을 하고 있다가 문득 '대체 내가 지금 뭐 하고 있나' 하는 생각이 들었다. 전시 연계 체험 코너에서 입을 옛날 의상들이었다. 그렇게 구입하면 안 된다며 회계 부서에서 쓴소리를 듣고 두툼한 서류 작업을 해가면서 한 벌씩 인터넷 쇼핑몰에서 구입한 그 의상들은 배송이 되는 동안 구깃구깃해져 있었다. 집에서 다리미와 다리미판을 들고 와서 옷 주름에 스팀까지 쐬어가며 열심히 다리미질을 하던 중에, 갑자기 머리가 어질어질해지며 소위 '현타'가 왔다.

전시는 내일 시작이었고, 해야 할 일들은 아직도 산더미였다. 수많은 서류 작업은 물론이고 예산이 부족하니 어린이를 위한 활동지도 회사 프린터로 출력해야 했고, 전시실에 나뒹굴고 있는 작품 포장재 쓰레기도 치워야 했다. 내일 있을 전시 도슨팅도 준비하고, 도슨팅이 끝난 뒤 사람들에게 나눠줄 설문지도 상사에게 결재를 받아야 했다. 그렇게 할 일들을 쌓아놓고 있는 어느 오후, 나는 사무실에서 옷 다림질을 하고 있던 것이다.

나 다시 돌아갈래!

영화 〈박하사탕〉에서 설경구 배우가 연기한 주인공처럼 소리라도 지르고 싶은 충동이 들던 순간, 큰 기관에서 일하던 시절 내가 일기에 자주 쓰던 말이 떠올랐다.

'커다란 기계의 부속품이 된 기분.'

그러면서 예전 기억이 새록새록 떠올랐다. 당시 나는 연구서 발간 업무를 맡고 있었다. 연구서 편찬에 앞서서 내가 해야 했던 일들은 편집 방향과 전체적인 윤곽을 잡는 일이었다. 나는 사무실에서 논문을 검색하고 읽으면서 앞으로 해야 할 연구의 전체적인 구조를 만들고 있었는데, '박물관 연구서니까 당연히 박물관 상설 전시실을 참조해야지'라는 생각으로 전시실에 내려가기도 했다.

그러던 어느 날, 상사가 나를 자신의 자리로 불러서 말했다.

"자주 자리를 비우던데, 어딜 가는 겁니까?"

나는 상사가 정말로 내가 어딜 가는지 궁금해하는 줄로만 알고는 해맑게 대답했다.

"전시실에서 전시를 보고 왔어요."

"전시는 점심시간에 보면 되는 것 아닙니까."

상사는 이맛살을 찌푸리며 말했다. 나는 전시를 참조하러 간다고 또 한 번 해맑게 대답했는데, 상사는 사무실에서 자리를 이탈하지 말라고 경고하고는 대화를 끝냈다.

그러고 보면 큰 기관에서는 내가 원하는 방식으로 일을 한 적이 한 번도 없었다. 아무리 작은 것도 변경을 하기 위해서는 승인을 받아야 했고, 뭔가를 계획대로 진행하다가 다른 방향으로 가는 것이 좋겠다고 모두 동의해도 방향을 바꾸기가 쉽지 않았다. 기존 계획대로, 서류화된 대로 해야 한다는 강박관념도 있었지만, 무엇보다도 어떤 계획을 이리저리 바꾸기에는 함께 일하는 사람이 너무 많았고 그에 따라 흐트러질 계획과 일정도 많았다. 늘 규칙이 있었고, 규칙대로 하지 않으면 안 되는 것이 나에게는 힘들었다.

생각이 거기까지 미치자, 머릿속에서 반복 재생되던 영화 〈박하사탕〉 주인공의 '나 다시 돌아갈래!' 영상이 뚝 멈추었다.

민원인 전화 통화에 시달리기는 하지만, 그것을 통해서 나는 어떤 방식으로 정보를 전달하고 어떻게 사람들을 대하는지 직접 경험할 수 있다. 전시의 1부터 100까지를 전부 혼자서 처리하지만, 한편으로는 그것을 통해서 아주 작은 것이라도 오롯이 내 생각대로 할 수 있다. 어차피 내가 큐레이터이며 업무 보조이며 도슨트이며 사무 담당이니까 전시 내용을 조금씩 변경한다고 해도 여러 사람에게 이 사실을 전달하느라 고생할 필요도 없다. 예산은 터무니없이 적고 잡무는 많지만, 어떻게 보면 나는 행운아인지도 모른다.

다리미에서 스팀이 쑥쑥 올라왔다. 나는 다리미를 가만히 내려놓으면서 조용히 마음속으로 중얼거렸다.

작은 박물관 큐레이터라서 다행이야.

사랑하지만 가져선 안 될 그 존재

큐레이터라고 하면 어쩐지 양갓집 자제여야만 할 것 같은 느낌이 든다. 손에 물 한 방울 안 묻히고 곱게 자라서 억 소리 나는 미국 사립대학에 유학도 다녀온, 큐레이터 월 급쯤은 귀엽게 용돈으로 쓰면서 취미로 일을 해야만 할 것 같은 느낌이라고 할까. 사실 내가 아는 큐레이터들, 특 히 현대 미술 분야에서 일하는 큐레이터 중에는 여기에 딱 들어맞는 사람들도 있다.

역사적으로 봤을 때 예술 작품과 문화를 즐기는 취향은 상류층의 것이었다. 평범한 백성들은 미술품을 사느니 감 자 한 자루를 더 사서 배불리 먹었을 것이고, 어느 정도

자본이 있는 계층만이 하층민과 구분 짓는 교양으로 문화를 즐겼다. 뛰어난 예술 작품과 문화재를 관리하는 큐레이터는 굳이 구분하자면 상류층의 취향에 가깝다. 그러다 보니 직업적인 취향 때문에 대표적인 서민층 출신인 나도 부잣집 딸내미라는 오해를 받은 적이 가끔 있다.

물론 요즘은 이런 취향의 계층화가 무너지고 있다. 최근 부쩍 늘어난 일반인들의 미술품 구입도 그렇다. 예전에는 미술 작품 거래라고 하면 어쩐지 청담동 사모님들이나 할 것 같은 취미였는데, 요즘은 내 주위의 평범한 사람들도 마음에 드는 작품을 보면 '나도 구입할까?' 하는 생각을 하는 모양이다.

미술 작품에 생전 관심이 없을 것만 같은 이과생 친구도, 어느 날 내가 기획한 전시에서 본 작품을 구입할 수 있는지 물어보기도 했다.

"이 작품 보고 마음이 너무 편해졌어."

이렇듯 사람들은 이제 투자만이 아니라 정서적인 만족을 위해서도 기꺼이 예술 작품을 구입하고 싶어 한다. 미술 작품이라고는 평생 사본 적도 없는 친구였다.

"이런 작품들은 보통 얼마쯤 하니? 나도 살 수 있는 거야?"

친구의 조심스러운 질문에, 나는 보통 미술 작품은 대체로 어느 정도의 금액이며 중개는 할 수 없지만 원한다면 작가의 연락처를 주겠다고 대답했다.

내 친구가 아니더라도, 이렇게 전시를 하다 보면 가끔 작품에 대해서 문의를 하는 사람들이 있다. 그럴 때면 나는 작가의 허락을 받아서 연락처를 전달한 뒤, 사람들이 그 작품을 구입했을까, 거실에 잘 걸어놓고 매일 보면서 행복해하고 있을까 궁금해한다. 미술품을 한 번도 구입해 본 적이 없는 사람들이 전시 공간에 걸려 있는 작품을 보고 기억으로만 소유하지 않고 자기 집 벽에 걸어놓고 싶다는 생각까지 할 정도면, 그 작품은 그 사람에게 깊은 울림을 줬던 것이 틀림없다.

나는 그렇게 작품을 소유하고 싶어 하는 사람들을 보면서, 약간의 비밀스러운 공감을 느낀다. 이따금 나에게도 소유하고 싶다는 어마어마한 욕망을 느끼는 작품들이 있기 때문이다.

사람들은 흔히 복권에 당첨되면 뭘 할지 꿈꾸곤 한다. 요즘은 복권 당첨금이 서울에서 집 한 채 사기도 힘든 금액이 되어서 다소 시들한 상상이 될 테니까 그냥 일확천금이라고 하자. 나에게 일확천금의 재산이 들어온다면 뭘 할지 생각하는 것은 즐거운 일이다. 나도 가끔씩 엄청난 부자가 된다면 늘 갖고 싶었던 작품들을 전부 구입하는 상상을 한다.

내가 제일 사랑하는 한국 작가 중 하나인 박생광 작가의 강렬한 무당 시리즈 작품들은 보기만 해도 온몸에 전율이 흐를 정도로 좋다. 역시나 엄청나게 좋아하는 마리 로랑생의 아름다운 소녀의 모습이 담긴 그림도 갖고 싶다. 하늘하늘한 그리스풍 옷을 입고 꽃과 동물에 둘러싸인 소녀들의 그림을 거실 벽에 걸어놓고 매일 감상한다면 저절로 행복해질 것만 같다. 전시가 끝날 때까지 작가에게 작품을 구입할 수 있는지 물어볼까 한참을 망설였던 작품도 많았는데, 그것도 이참에 싹 구입해 버려야지. 물론 아는 작가분이라 민망하니까 화랑을 통해서 구입하는 것도 잊지 말고.

사실 좋아하지만 내가 구입할 수도 없는 작품도 많다. 너무나 유명한 작품이라 뉴욕현대미술관MoMA에서 죽었다 깨어나도 내놓지 않을 〈크리스티나의 세계〉는 정말 훔쳐 오고 싶을 정도로 멋진 작품이다. 파도 속에서 두 남녀가 자유롭게 뛰고 있는 모습을 묘사한 일리야 레핀의 어느 강렬한 작품은 어떤 수단으로든 갖고 싶지만, 왠지 시도라도 했다간 러시아의 강제수용소에라도 끌려갈까 봐 겁이 난다. 국립중앙박물관의 수장고 깊숙한 곳에 보관되어 있을 김두량의 〈월야산수도〉 역시 탐나지만, 세상에는 돈으로 가질 수 없는 것도 많으므로 입맛만 다신다.

이렇게 일확천금을 얻은 뒤 내가 가질 수 있는 것과 현실적으로 불가능한 것들을 생각하다 보면 어쩐지 설레는 기분이 든다. 상상은 공짜니까, 가질 수 없는 작품들을 집에다가 배치해 놓고 민감한 작품을 위해서는 항온항습기와 반사를 방지하는 특수 유리로 만들어진 액자까지 맞추는 상상도 한다. '상상은 공짜니까'라고 하면서 마음대로 공상의 나래를 펼치다 보면 문득 불편한 생각이 머릿속을 스쳐 지나간다.

'작품을 소장하게 된다면 일을 그만둬야 할지도 몰라.'

뮤지엄 큐레이터는 갤러리스트나 아트 딜러와 달리 미술 작품이나 문화유산을 거래하는 일에 아예 관여할 수 없다. 사립 뮤지엄의 큐레이터라도 비윤리적인 일이며, 공공 기관 큐레이터로서 자신이 전시한 작품을 거래하는 행위는 아슬아슬하게 합법과 불법을 넘나드는 일이다. 미술품을 팔거나 사서도 안 되며, 이런 과정에 관여해서 이

익을 챙기는 행위는 더더욱 안 된다. 마치 개발 인허가를 내어주는 공무원이 부동산 투자를 하면 안 되는 것이나 마찬가지라고나 할까.

그래서 사람들이 마음에 드는 작품을 구입하고 싶다고 나에게 물어볼 때도 중간에서 전혀 도움을 줄 수가 없다. 내가 갤러리 큐레이터나 아트 딜러였으면 더 도움이 될 텐데, 작품을 구입하고 싶다고 연락해 온 친구에게도 내가 할 수 있는 것은 연결을 해주고 어떤 방식으로 구입할 수 있다고 조언해 주는 것이 전부였다.

다시 내 상상으로 되돌아가자면, 이번에는 수집가가 되어 뮤지엄을 운영하는 상상까지 한다. 큐레이터로서 일은 계속하고 싶으니까 아마도 내가 직접 운영자가 되는 것도 나쁘지 않겠지, 라고 생각하면서 있는 돈을 모두 투자해서 전시 공간과 수장고를 짓고 이번에는 그 공간을 채우기 위해서 작품을 더 구입한다.

탕진잼. 지름신 욜로YOLO. 플렉스……. 갖고 싶은 것을 무리해서라도 구입한다는 철학의 유행어들. 나는 미술품 경매에 가서 월급을 '탕진'하고, '욜로'를 외치며 찍어놨던 작가의 작품을 '플렉스'해 버리고 싶지만, 이 순간 의외로 내 직업이 나를 말려준다. 큐레이터로서 지켜야 할

윤리를 생각하면서 나는 지르고 싶은 욕망을 참아낸다.

'그러니까, 돈이 없어서 작품을 안 사는 게 아니라……'

입맛을 쩝쩝 다시면서 지름신을 달랜다.

'내가 큐레이터이기 때문에 작품을 안 사는 거야.'

가끔은, 살아 있는 사람보다
역사 유물이 더 편하다

오랫동안 한 유물을 연구하다 보면 유물이 말을 하는 것처럼 느껴지기도 한다. 흔히 유물이나 예술 작품과 대화를 한다고들 표현하는데, 멋있는 말이기는 하지만 무생물이 정말로 말을 건다면 그것은 심각한 정신적인 문제일 수 있다. 정확히 말하자면 유물은 말을 하지 않지만, 연구를 통해서 가끔씩 말을 하는 것처럼 다양한 정보들을 얻어낼 수는 있다는 뜻이다.

역사적인 유물이나 오래된 예술 작품은 말을 하지 않지만, 살아 있는 작가는 말을 한다. 그것도 아주 많이. 나는 몇 년 전부터는 현대 미술 전시 쪽을 주로 하고 있는데,

역사 유물이나 작고한 예술가의 작품을 다루다가 현대 미술로 넘어오니 이건 완전히 새로운 영역이다. 예술가들은 유물이나 예술 작품과는 달리 감정을 가진 인간이고, 그래서 만나서 술도 마시고 대화도 나눠야 한다. 사람들과 오래 수다를 떨고 나면 에너지가 쭉 빠져버리는 내성적인 나로서는 새로운 영역이다.

전시 기획을 하다 보면 가끔은 오래된 유물을 전시하는 일이 더 마음 편할 때가 많다. 전시는 큐레이터가 창작해 내는 일종의 내러티브다. 어떤 큐레이터는 관람객이 원하는 대로 전시를 볼 수 있도록 느슨하게 작품을 배치하기도 하지만, 큐레이터들은 대개 주제의 흐름에 따라서 관람객들이 작품이나 유물을 볼 수 있도록 전시를 구성한다. 내가 아는 어떤 큐레이터는 정말로 자신이 보여주고 싶은 순서대로 관람객들이 유물을 보게 하기 위해서 일부러 전시 공간을 좁은 미로처럼 구불구불하게 꾸미기도 하던데, 살아 있는 미술 작가의 작품 전시를 그렇게 했다가는 구석진 곳에 그림이 걸린 작가는 삐쳐서 큐레이터와 말도 안 할 것이 분명하다.

전시를 기획하다 보면 여러 작가의 기분을 고려해야 할 때가 많다. 이렇게 말하면 자동적으로 사람들은 미쳐버린

반 고흐를 떠올리면서 '골방에 틀어박힌 예민하고 불같은 성격의 예술가들과 일하는 것이 힘들겠지' 정도로 생각한다. 하지만 내가 아는 작가들은 귀를 자르지도 않았고, 캔버스를 부수거나 광기에 휩싸여 괴성을 지르지도 않는다. 이웃에 흔히 있는 평범한 사람들로, 다만 예술을 직업으로 선택했을 뿐이다.

작품을 창작하는 예술가이긴 하지만 작가들도 인간이다. 인간에게는 감정이 있다. 이따금 기분이 상하기도 하고, 다른 사람과 싸우고 화해하기도 하며, 비합리적인 결정을 내렸다가 후회도 한다. 화를 잘 내는 사람도 있고, 질투심이 많은 사람도 있고, 유한 성격의 사람도 있고, 농담을 잘 던지는 사람도 있다. 그래서 대화를 하면서 서로 의견을 조율하기 편한 작가도 있지만, 전시 내내 꽁해 있는 사람이 있기도 하다.

한번은 지역 작가를 포함한 여러 작가들을 초대해서 기획 전시를 한 적이 있는데, 설치 작품과 크기가 큰 작품에 넓은 공간을 주고 작은 작품들에 다소 좁은 전시 공간을 배분했다가 지역 작가들을 무시한다는 소리를 들은 적이 있다. 지역 작가 단체전을 하면서 창작지원금을 다르게 배분했다고 지역 미술협회를 통해서 계속 항의를 한 작가도 있었다. 회화와 조각, 설치 작품은 재료비 자체가 달라서 어쩔 수 없다고, 죄송하지만 양해를 해달라고 해도 작가는 한동안 화를 풀지 않았다.

1인 초대전을 개최하면서 작가가 당신의 작품을 구매할 고객들 수백여 명에게 두꺼운 도록을 등기로 발송해 달라고 해서 곤혹스러웠던 적도 있다. 작가들이 개인 초대전을 통해서 자신의 작품을 비공식적으로 판매하는 경우는 있지만, 내가 일하는 곳은 비영리 전시 기관이라서 작품 판매를 위한 홍보 행위는 할 수도 없고 거기에 따른 홍보 예산도 없다. 공공 전시 공간이라서 음주 행위를 아예 할 수 없는데 오프닝을 하는 날 술을 한 박스 들고 온 작가도 있었고, 어떤 작가는 전시가 끝난 뒤 자신의 작품을 구입해 달라고 계속 민원을 넣기도 했다.

특별히 기억에 남는 사건은, 소장품 전시를 하는데 본인 작품을 빼고 했다고 지역 정치가들에게 찾아가서 읍소를 한 작가 때문에 곤욕을 치른 일이다. 보통 1년에 한두 번은 소장품 전시를 하는데, 바로 앞에 했던 소장품 전시에 그 작가의 작품이 여럿 들어갔기에 이번에는 뺀 것이었다. 게다가 이번 전시에는 다른 작품과의 균형도 고려

해야 해서 부득이하게 빠지게 되었다며 재차 설명을 드렸지만 작가는 여전히 기분을 풀지 않았다.

"바로 전에 전시를 했더라도, 소장품 전시를 하는데 내 작품을 빼면 되나."

작가는 팔짱을 낀 채 근엄한 표정으로 말했다. 높은 분 사무실에 불려가서 죄 지은 사람처럼 앉은 채 작가를 힐끔 보았다. 부드럽게 말하고 있었지만 작가의 얼굴에 불쾌감이 가득했다.

"다른 작품도 하나 더 있잖아. 몇 년 전에 그린 ○○○ 말이야."

참고로 그 소장품전에 전시되는 작품은 모두 작은 크기의 소품들이었고 작가의 작품은 크기가 거의 세 배에 달했다. 그 작품을 걸었다가는 좁은 전시 공간에 그 작가의 작품만 덩그러니 걸려 있는 것으로 보일 것이 뻔했다.

"우리 선생님 같은 원로급 작가님의 작품은 매번 전시해도 괜찮아요. 사람들도 보고 싶어 한다고요."

작가와 함께 온 그의 지인도 옆에서 한마디 거들었다.

'이봐요, 이러시면 작가님이 더 화나시잖아요.'

나는 속으로 구시렁거리면서도 작가의 화를 풀기 위해서 고개를 조아렸다.

"지금 다른 작품을 몇 점 떼고 작가님 작품으로 전시 작품을 바꾸면 되지 않겠습니까."

높은 분께서는 지친 표정으로 나와 작가에게 물었다. 얼른 일을 마무리 짓고 다른 생산적인 일을 하고 싶다는 표정이었다.

나는 아무리 그래도 이미 전시한 작품을 떼고 다른 작품으로 교체할 수는 없다고 버티면서 작가의 기분이 상하지 않도록 최대한 자세히 사정을 설명했다. 다른 작가들의 작품을 떼면 그분들도 마찬가지로 기분 상하지 않을까요, 라는 식으로.

"아니! 그 사람들은 나하고 급이 다르지. 제대로 그린 그림도 아닌데!"

작가는 크흠, 하고 불쾌함이 담긴 헛기침을 하며 버럭 소리를 질렀다. 그가 '제대로 그린 그림도 아닌데'라고 말한 작품 중 몇 점은 국내에서 가장 존경받는 작가의 작품이었다.

사실 그분도 예술계에서 오래 계셨으니 그쯤은 알았을 것이다. 다만 본인의 작품이 걸리지 않았다는 것이 어쩐지 자신의 소중한 작품을 무시하는 것처럼 느껴져서 서운했던 것뿐이다. 나는 계속 투정을 부리는 작가가 어쩐지 야속하기도 하고 귀엽기도 해서 속으로 피식 웃고 말았다. 그리고 작가에게 죄송하다는 말을 하면서 앞으로는 그의 작품을 보다 중하게 여겨 전시하겠다고 몇 번이고 이야기했다.

예전에 어떤 시인의 에피소드를 읽은 적이 있다. 그에게는 같은 분야의 작가 친구가 있는데, 어느 날 뜬금없이 그 친구가 방으로 돌진해 들어오더니 "지금 이 순간은 내가 세계 최고의 작가고, 네가 2등이야!"라고 말하고는 황당해하는 시인을 두고 다시 다다닥 뛰어나갔다는 이야기다.

예술가들은 자부심으로 창작을 계속한다. 자신의 작품을 통해서 세상에 아름다움을 선사하고, 아름다움의 기준을 바꾸기도 한다. 특히 파인아트라고 불리는 순수 미술은 세상을 보는 새로운 시선을 보여주며 우리의 정신과 감성을 일깨운다. 그러니 예술가들이 자신의 작품에 자부심을 가지지 않을 수가 있겠는가. 세상의 1등 예술가도 당연히 자신일 수밖에 없다.

큐레이터는 예술가와 행정가 사이의 미묘한 틈을 오가며 일하는 존재다. 모든 예술가가 각각 1등이며 모든 예술 작품이 제각각 귀한 존재이기도 하지만, 할 수 있는 것과 할 수 없는 것의 선을 딱 잘라야 할 때도 있다.

이따금 다른 사람들을 통해서 예전에 나에게 기분이 상했던 작가가 여전히 지역 미술계에서 내 험담을 하고 다닌다는 말을 들을 때가 있다. 그런 일이 있으면 한동안 기분이 우울해지곤 한다. 직업에 회의가 들 때도 있다. 그렇지만 앞서 말하지 않았던가. 예술가들도 인간이다. 사람들은 토라졌다가도 다시 마음이 풀리며, 순간 화가 났더라도 시간이 지난 뒤에 이해를 하기도 하고, 정이 가는 사람들과 잘 지내지만 어떤 사람과는 잘 맞지 않기도 한다.

전시를 하면서 가끔 투닥거리기도 하지만, 많은 작가들은 결국 내 진심을 알아준다. 설사 내가 실수를 했더라도 열심히 하는 모습을 보면서 이해해 주는 분들이 많다.

유물과 대화하는 것은 외롭고 때때로 지루하다. 가끔은 벽에 부딪혀서 돌파구가 보이지 않을 때도 있다. 유물은 말을 하지 않으므로 "너 어디서 왔니?", "여기 긁혀 있는 자국은 어떻게 생겼니?" 같은 식으로 물어볼 수도 없다. 여러 가지 정보와 지식을 조합해서 가설을 세우고 추측할 뿐이다.

작가들과 대화를 하고 지속적으로 인간관계를 맺으며 그들의 삶과 예술 창작에 대해서 알아가는 것은 이따금씩 너무나 힘들다. 하지만 유물과 달리 살아 있는 사람인 예술가들은 자신의 삶에 대해서 이야기하고 사랑하는 것과 싫어하는 것, 그들의 예술에 영향을 끼친 사건들에 대해서 말해준다. 나는 예술가들과의 관계를 통해 그들이 창작한 작품을 이해하고, 단편적으로만 보던 작품에서 깊이를 느낀다.

가끔은 살아 있는 예술가보다 유물을 대하는 것이 속 편할 때가 있다. 하지만 예술가들과의 만남은 때때로 생각지도 못한 선물을 준다.

어중간한 맛의 전문가

예전에 봤던 어떤 일본 영화에서는 어중간한 맛의 라면집 주인이 나온다. 평범한 주부가 엉뚱하게 스파이 세계에 입문하면서 겪게 되는 소소한 일상을 담은 그 영화에서는 그가 마주쳐 온 평범한 이웃들이 사실은 '평범하게' 보이려고 애쓰는 스파이였다는 내용이 나온다. 그중 한 동료 스파이로 어중간한 맛의 라면집 주인이 등장한다.

간판부터 인테리어까지 사람들의 눈길을 끌지도 않는 평범한 그 라면집은 맛있다고 하기도 그렇고 맛없다고 할 수도 없는 어중간한 맛의 라면을 내놓는다. 손님들이 막 몰리거나 굳이 멀리서 찾아올 만한 맛은 아니지만, 또 그

력저럭 먹을 만하니 손님이 전혀 없지도 않은 그런 어중간한 맛이다. 그것은 사실 스파이로 숨어 있기 위해 라면집 주인이 택한 전략인데, 그는 아주 맛있거나 맛없게 만들기는 쉽지만 어중간한 맛을 내는 것은 정말로 어렵다고 말해 웃음을 자아낸다.

가끔씩은 내가 어중간한 맛의 라면집 주인 같다는 생각이 든다. 물론 내가 평범함을 가장하려는 스파이는 아니고 '어중간한 맛'을 내기 위해 심혈을 기울인 적도 없지만, 이따금 나 자신이 어중간한 큐레이터 같다. 그럭저럭 일을 하기는 하지만 별로 특출나게 재미있거나 뛰어난 재능은 없는 큐레이터.

가면 증후군이라고도 불리는 '임포스터 신드롬Imposter Syndrome'이라는 단어가 있다. 자신을 실력이 없는 것 같다고 여기면서 마치 사기꾼이 된 것처럼 느끼는 현상이다. 흔히 말하는 '근자감', 즉 근거 없는 자신감의 정반대 말이라고나 할까. 이런 증상을 겪는 많은 사람들이 자신을 실제보다 낮게 평가하며 자신감 부족으로 괴로워한다던데, 내가 가끔 겪는 '어중간하다'는 기분은 꽤나 신빙성 있게 느껴진다. 영화에 나온 동네 라면집 주인처럼 일부러 어중간하려고 한 것은 아니지만, 확실히 나는 어중간한 전문가에, 어중간한 전시 기획자에, 어중간하게 업계를 알고 있는 사람 같다.

그래서 가끔 '전문가'를 찾는 어딘가에서 자문 요청이나 강의 제의가 들어오면 조금 주눅이 들어버리기도 한다. 분명히 내가 잘 아는 내용이고 자신 있게 말할 수 있는 부분이란 것을 알면서도 어쩐지 내가 말하면 안 될 것 같다는 생각이 든다. 왠지 잘못 말했다가 틀린 말을 해버릴 것 같다.

예전에 내 업무와 관련된 내용이 있는 드라마에 자문을 했던 적이 있는데(다소 흔치 않은 분야이다 보니 이런 식의 자문을 할 일이 많다), 나는 승낙하고 나서 바로 후회했다. 어쩐지 내가 말을 잘못했다가는 드라마 내용이 완전 잘못되어서 전 국민이 욕할 것 같다는 생각이 들었기 때문이다. 물론 이런 걱정은 기우다. 드라마 제작사에서 나 한 사람에게만 자문을 받지도 않으며 내가 뭐라고 한들 드라마에 그렇게 큰 영향을 끼치지도 않는다. 어느 퀴즈 쇼의 답과 관련해서 검증을 요청받기도 했는데, 내가 기획했던 전시와 관련된 내용이었는데도 작가님의 질문에 한참을 망설이기도 했다. 사실 그 질문이라는 것은 '타이타닉은 대서양을 항해했을까요, 태평양을 항해했을까요?'라

는 식이었는데, 나는 타이타닉의 구조와 식사 메뉴표까지
알고 있으면서 순간 이 질문에 뭔가 함정이 있지는 않을
까 싶어서 얼어붙고 말았다.

솔직히 말하자면 내가 처음부터 이랬던 것은 아니다.
박물관에서 일을 시작했던 처음 몇 년간은 근거 없이 자
신감만 넘쳐흘렀다. 지금도 그때를 생각하면 부끄럽다 못
해 오싹하기까지 한 것이, 나는 유물 관리가 교과서대로
되어 있지 않다고 불평했고 전시 기획을 할 때도 '전문가'
인 내 말이 옳다고 끊임없이 우겨댔다. 나중에 다른 여러
큐레이터들이 일하는 모습을 옆에서 구경하고 경력이 1
년, 2년 쌓여가면서 이 근거 없는 자신감도 조금씩 줄어
들었다. 지금은 누가 나에게 '전문가'라고 부르면 부끄러
워지기까지 한다.

가끔 예전의 나와 비슷하게 행동하는 사람을 만날 때면
그때의 내 모습이 생각나서 낯이 간질간질하다. 문화 연
구 분야에서 평생 연구만 해왔던 어떤 분이 해양 분야 박
물관의 관리직으로 가시더니, 1년 뒤에 "우리 같은 해양
전문가들은 말이야"라고 말하는 것을 보고 예전의 내 모
습이 생각나서 손발이 오글오글해졌던 적도 있다. 큐레이
터로서 일했던 경력이 전혀 없으면서 본인이 대학에서 미

술을 전공했으니까 당연히 큐레이터라고 말하고 다니던 분도 있었는데, 어디서부터 어떻게 설명을 해줘야 할지 곤란한 기분이 들면서 예전에 다른 사람들도 나를 보면서 이런 기분이었을까 궁금해졌다.

사실 내가 그에게 설명을 해줄 수 있는 자격이 있는 사람인가 하는 생각도 든다. 업계에서 일을 조금 해본 사람일 뿐 대단한 전문가도 아니기 때문이다.

확실히 나는 전문가라고 부르기에는 어중간하다. 한 기관에 오래 있지 않고 여러 기관을 돌아다니면서 일해서 그런지도 모르겠다. 내가 일했던 곳의 소장품들이나 내가 기획했던 전시에 나온 역사적 사실들에 대해서 보통 사람보다 아주 조금 더 알고는 있지만, 한 분야에서 진득하게 연구해 온 전문가라고 하기는 어렵다. 그렇다고 내가 전시 디자인 쪽 전문가이거나 발이 넓어서 업계 사정을 다 꿰고 있는가 하면 그렇지도 않다. 내가 잘하는 것이라고는 조금 창의적인 구성으로 전체적인 전시 스토리를 만들어 내는 것뿐으로, 사실 세상에 나 정도의 전시 기획을 하는 사람은 차고 넘친다.

10년 정도 하다 보면 서당 개도 풍월을 읊는다고 나는 어렴풋하게 돌아가는 사정을 알긴 하지만, 이 분야에는 20~30년 넘게 한 분야에서만 일해온 사람이 수두룩해 거기에 비하면 햇병아리다. 국내외 문화 예술 쪽 법이나 정책 변화에 대해서 관심이 많아서 자료를 자주 챙겨 보는 편이기는 하지만, 정책학을 연구했던 전문가도 아니며, 남들보다 나은 부분이 있다면 각 분야에 대해서 어떻게 되고 있는지 얘기가 나오면 새로운 내용을 한두 마디 보탤 수 있다는 것 정도다.

회사나 정부 기관에 다니는 내 친구들은 늘 자신이 무슨 일을 하는지 정확히 모르겠다고 불평을 한다. 업무 출장 서류를 처리하기도 하고 보고서를 쓰기도 하면서 이따금 회의를 준비하기도 하는데, 사실 자신이 무슨 일을 하는지 명확하게 설명하기 힘들다는 것이다. 그 분야에서도 뛰어나거나 아주 유명한 사람들이 존재하긴 하지만, 내 친구들은 그저 평범한 회사원이나 공무원일 뿐이다. 나도 이 분야에서 일을 하면 할수록 솔직히 내가 무슨 일을 하는지 헷갈릴 때가 많다. 적당히 소장품도 관리하고, 적당히 전시도 하며, 적당히 교육도 만들고, 적당히 연구도 해서 어느 정도 이 분야에 지식은 있는데 사실 특출하게 내 분야라고 할 수 있는 것이 없다는 기분.

의도하지 않았지만 나는 어중간한 맛을 내는 라면집 주

인이 되어 있었다.

앞에서 말한 그 일본 영화를 20년쯤 전에 봤지만, 나는 누구보다 라면집 주인이 가장 기억에 남는다. 라면집 주인은 자신이 왜 계속 어중간한 맛의 라면을 만드는지 설명하다가, 마지막에 한숨을 쉬면서 "나도 언젠가는 맛있는 라면을 만들어 보고 싶어"라고 했던 것 같다. 그 대사를 하던 순간 라면집 주인의 표정을 잊을 수가 없다.

영화 마지막에 그 라면집 주인은 가게를 정리하면서 심혈을 기울여 정말로 맛있는 라면을 만든다. 나도 언젠가 특별히 맛있는 라면, 아니 전시를 만들 수 있을까?

그런 생각을 하면서 오늘도 '어중간한 큐레이터'로서 평범한 하루를 시작한다.

큐레이터에게도 부캐가 필요해

작은 기관의 큐레이터로서, 나는 다양한 역할을 맡고 있다. 전시를 위해 연구도 하고, 작가 섭외도 하고, 홍보도 하며, 전시 공간 관리나 전시 설치도 당연히 하고, 교육 프로그램도 기획한다. 그리고 사람들에게 큐레이터와 도슨트가 어떻게 다른지 늘 역설하면서도 관람객이 오면 달려가서 전시 해설도 진행한다.

여기서 1차적으로 문제가 생긴다. 나는 도슨트로 완전히 변신할 만큼 대단한 언변을 가진 사람이 아니며, 모든 큐레이터가 그렇겠지만 전시 작품에 대해서만은 지나치게 덕후이기 때문이다.

나에게는 연예인 덕질을 하는 친구가 있다. 좋아하는 연예인의 사소한 인간관계 정보부터 현재 어디서 무슨 공연을 하고 있는지까지 꿰차고 있으며, 한번 이야기를 시작하면 한참 동안 그 연예인의 작품과 공연에 대한 분석을 거의 대중문화 평론가처럼 들려줄 때가 있다. 하지만 그 친구는 직장에서는 소위 '일반인 코스프레', 줄여서 '일코'라는 것을 하고 있다. 그 친구 말인즉슨 연예인에게 관심 없는 척, 일반인인 척해야 평범한 대화가 가능하다고 한다. 사실 그 친구가 연예인 얘기를 할 때 나도 모르게 졸 뻔했던 적이 몇 번 있으니 맞는 말인 것 같기도 하다.

　그런데 전시에 대해서 설명을 할 사람이 나밖에 없는 상황에서 울며 겨자 먹기로 처음 전시 해설을 맡았을 때, 나는 '일코' 하는 것을 깜빡하고 이건 어떻고 저 작품은 어떻고 하면서 열심히 설명을 해버리고 말았다. 그날, 열심히 한다고 해서 다 진심이 통하지는 않는다는 진실을 깨달았다. 분명 무척 재미있는 부분이라 나는 열을 올리면서 이야기를 하는데, 앞에 있는 사람들은 무슨 납치범 보는 듯한 표정으로 제발 좀 그만 좀 풀어달라고 애원하고 있었다. 나는 그날 듣는 사람들의 눈에서 영혼이 사라져 가는 신기한 광경까지 보았다.

도슨트로 변신하기 위해서 가장 필요한 조건은 '일코' 능력이다. 내 앞에 있는 사람들이 아무 지식이 없다고 가정하고, 보통 사람의 기준에 맞춰서 쉽게 설명을 해야 한다. 전시된 작품의 '포스트모더니즘적인 의미에서 도시 속 인간 소외'에 대한 작가의 의도를 일방적으로 강의하면, 처음 전시 공간을 방문한 관람객에게는 트라우마를 심어줘서 다시는 근처에도 안 오게 만드는 결과를 낳을 수도 있다. 그러니까 도슨트 역할을 할 때는 수위를 좀 조절할 필요가 있다. 특히 내가 일하는 곳의 주 고객은 유치원부터 초·중학교까지의 학생들이라 조금 더 쉽고 재미있게 설명해야 한다.

전시 단체 관람객을 대상으로 몇 년간 해설을 하다 보니, 나는 학생들을 인솔해 오는 교사들을 존경하게 되었다. 나는 한 명도 감당 못 해서 쩔쩔매는데, 20명이나 되는 천방지축 어린이들을 나란히 줄 세워서 전시실로 들어오게 만드는 능력을 가진 유치원 선생님들을 보면 무한한 존경심까지 든다. 학생들을 대상으로 하는 전시 해설에 어느 정도 적응한 뒤에도, 여전히 유치원생에게 해설하는 일은 자신이 없다.

유치원생들의 최대 집중 시간은 7분 정도라고 한다. 하지만 모든 실험 결과에 편차라는 것이 있듯이 전시실에 오는 아이들의 집중력 지속 시간 또한 천차만별이다. 어떤 아이들은 놀랍게도 10분 넘게 열심히 듣고 있기도 하지만, 또 어떤 아이들은 내가 이야기를 시작한 지 1분도 채 되지 않아서 딴 데를 보고 저 멀리 달려 나가려고 준비하기도 한다. 아이들은 한번 집중력이 흐트러지면 되돌릴 수가 없다. 그래서 나는 유치원생들이 오면 바짝 긴장한 채 어떻게 아이들을 흥미롭게 할까 고민하며 설명을 한다.

결국 내가 택한 방법은 '뽀미 언니'로의 변신이다. 어릴 적에 〈뽀뽀뽀〉라는 어린이 프로그램을 자주 보았는데, 거기 나오는 여성 진행자는 '뽀미 언니'라고 불리며 아이들의 엄청난 사랑을 받았다. 뽀미 언니가 어찌나 예쁘고 재미있게 이야기를 하는지 나는 아침마다 입을 헤벌리고 〈뽀뽀뽀〉를 보느라 시간 가는 줄을 몰랐다. 내가 분석한 바에 따른 뽀미 언니의 특징은 다소 과장된 표현과 귀여운 목소리, 느리게 말하는 톤 등이 있다. 그래서 나는 이런 특징들을 그대로 따라 하기로 마음먹었다.

"우리 귀여운 친구들, 안녕!"

나는 아이들이 오면 두 손을 과장되게 흔들며 인사를 시작한다. 아이들이 좋아하도록 복장도 갖춰 입고, 과한

볼터치로 귀여움을 강조한 화장은 기본이다.

"오늘은 우리 친구들과 함께 예쁜 그림을 볼 거예요!"

연극배우처럼 과장된 동작을 하며 방긋 웃다가 전시실 로비를 지나가던 다른 직원과 눈이 마주친다. 그 직원은 쿡 하고 웃으면서 폭소가 터져 나오려는 것을 간신히 참으며 서둘러서 로비를 빠져나간다. 평소에 나는 다소 차가워 보인다는 소리를 들을지언정 코믹한 이미지는 절대 아니기 때문이다.

나는 아랑곳하지 않고 계속해서 과장된 동작을 하면서 아이들의 주의를 잡아두려고 한다. 자칫 한 번 어긋나 버리면 되돌릴 수 없는 것이 아이들이라는 사실을 수년간의 경험을 통해 잘 알고 있다.

그러나 전시실 작품 앞에서 간단히 설명을 시작하는 순간, 예상대로 아이들의 주의력이 조금 흐트러지기 시작한다. 몸을 이리저리 비틀면서 지겨워하기 시작하는 아이들을 보면서 머릿속에 경고등이 울려 퍼진다. 이제는 이 한 몸 희생해서 몸 개그를 시작해야 할 때다.

"우리 어린이 친구들, 더 재미있는 활동을 해볼까요?"

"네."

별로 성의 없는 아이들의 목소리가 전시실에 울려 퍼진

다. 나는 같은 질문을 두세 번 반복해서 아이들의 주의를 환기시킨 후 회심의 미소를 지으면서 말한다.

"자, 지금부터 이 그림을 보고 느낀 것을 몸으로 표현해 볼 거예요."

그러고는 아이들을 향해서 "제가 먼저 시범을 보여줄게요"라고 말하고는 그림에서 느낀 감정을 몇 가지 댄 후, 이제 20명쯤 되는 아이들과 그 뒤에 서 있는 유치원 선생님들 앞에서 과장된 동작으로 춤을 추기 시작한다. 엉덩이를 썰룩거리는 것은 물론이고 다소 웃기는 디스코 댄스를 출 때도 있다. 아이들에게서 깔깔대며 웃는 소리가 터져 나온다. 인솔 교사들은 반쯤은 민망해서, 반쯤은 웃음을 감추려고 고개를 살짝 돌리고 딴 데를 본다.

뉴욕현대미술관에서는 미술관에 오는 교사들을 위해서 전시와 연계된 다양한 체험 활동을 소개한다. 내가 따라 하고 있는 '동작으로 표현하기'는 물론이고 미술 작품에서 선의 형태나 색깔을 발견하거나, 작품에서 받은 영감을 음악이나 연극으로 만드는 등의 활동을 에듀케이터가 설계하여 학생들과 직접 진행하거나 교사들이 자유롭게 진행할 수 있도록 그 방법과 의미를 강의하기도 한다. 하지만 이 중 어떤 에듀케이터나 교사도 나처럼 절박하게

몸 개그를 펼치며 이런 연계 활동을 진행하지는 않았을
것이다.

내가 시범을 보인 뒤, 딴 데를 보면서 코를 파던 아이들
도 이제는 서로 자기가 하겠다고 나서기 시작한다. 조금
민망하고 부끄럽긴 하지만 나의 작전은 통했다. 물론 이
렇게 얻어낸 아이들의 집중력은 5분도 가지 않을 것이며,
나는 5분 뒤에 또 다른 몸 개그를 선보여야 할 것이다. 뭐
어때? 어차피 내 이미지는 망가질 대로 망가졌다.

가끔은 '내가 뭘 하고 있는 건가' 하는 회의감이 들기도
한다. 그리고 아주 가끔씩은 전시 기획을 하는 동안 '이
작품 앞에서는 이런 몸 개그를 하면 통하겠군' 하는 주객
전도의 생각이 들 때도 있다. 물론 많은 업계 연구자들이
전시를 기획하는 단계부터 교육 전문가가 참여하여 전시
와 연계 활동을 함께 설계하는 것이 더 나은 방법이라고
말하고 있긴 하지만, 전시 기획 단계에서 큐레이터가 개
그 욕심을 부려야 한다는 뜻은 아니었을 것이다.

처음 의도는 아이들에게 작품의 의미에 대해서 설명하
고 작가가 어째서 이런 작품을 창작했는지를 설명하려는
것이었다. 하지만 단언컨대, 아이들은 비정형적인 모티브
를 가지고 회화 작품 속에서의 공간성을 고찰했던 작가의

의도 따위는 듣고 싶어 하지 않는다. 그래서 나는 형태를 통해서, 소재와 질감과 색을 통해서 작품에 집중하고 조금이라도 더 기억하게 만들려고 한다. 거기에 더해서 작품의 의미까지 기억하면 대성공이다. 그런 과정에서 이렇게 몸 개그가 튀어나오고, 사실 효과도 좋다.

어린이를 대상으로 한 전시 해설에서 과장된 동작의 효과가 지나치게 좋다 보니 가끔 어른들 앞에서도 '뽀미 언니'로 변신해서 몸 개그를 할 때도 있다. 근엄한 표정의 어르신들 앞에서 설명하던 중에 나도 모르게 "친구들, 이 작품의 ○○가 보이나요?" 하는 말투가 나온다거나, 업계 관계자들 앞에서 이야기하던 중에 나도 모르게 작품 앞에서 춤추는 동작이 나왔던 적도 있다.

얼른 수습하려고 하지만 이미 내뱉은 말은 주워 담을 수도 없고, 하늘을 향해 찔러 올린 손가락을 평범한 제스처인 양 은근슬쩍 다른 동작으로 바꿀 수도 없다.

내가 컴퓨터였다면 이 순간 격격거리는 소리를 내다가 화면이 꺼지면서 재부팅을 했을 것이고, 로봇이었다면 프로그램 오류 메시지를 내보냈을 것이다. 하지만 유감스럽게도 나는 컴퓨터도 로봇도 아니고, 내 앞의 사람들은 간신히 웃음을 참으면서 나를 쳐다보고 있었다. 머릿속이

하얘진 나는 '일반인 코스프레'도 재미있게 설명해야 하는 것도 싹 잊어버리고 덕후인 원래의 나로 되돌아와, 다시 한번 열을 올리면서 작품을 감상하며 느낄 수 있는 존재론적인 의미에 대해서 설명하기 시작한다.

아마 나는 죽었다 깨어나도 유능한 도슨트는 못 될지도 모르겠다. 도슨트가 되어 일반인들을 대상으로 사람들의 관심사에 맞춰서 설명을 하기에는 지나치게 소장품 덕후이며, 상황과 사람들의 반응에 맞춰서 화술을 뽐내기에는 순발력이 너무 부족하다. 도슨트로서 부족함을 메우기 위해 몸 개그를 선택했지만, 사실 이런 몸 개그라는 것도 유치원생들한테나 통하는 것이다.

하지만 나는 오늘도 전시 해설을 하러 총총걸음으로 전시실로 향한다. 큐레이터이지만 소장품도 담당하고, 연구도 하고, 전시도 기획하고, 가끔씩 설치 시공과 전시 디자인도 하는 나는 우리 기관에서 유일하게 전시 해설을 하는 도슨트이기도 하니까.

'고작 전시 따위'가 지닌 힘

다른 나라에서는 종종 한국과 북한의 긴장 상황에 대해서 한국 사람들보다 더 과장해서 생각하곤 한다. 사실 대부분의 한국인은 북한이 미사일 훈련을 하건 말건 일상을 살아가지 않는가. 한국으로 되돌아온 지 얼마 되지 않았을 때, 아직 적응 중이었던 나는 북한의 미사일 발사 뉴스에 호들갑을 떨며 전쟁이라도 날까 봐 걱정하곤 했다. 당시 내가 가장 걱정했던 것은 박물관의 전시와 소장품이었다.

나는 항상 걱정을 달고 산다. 그래서 전쟁은 물론이고 태풍이나 홍수, 해일, 지진과 같은 천재지변으로부터 소장품을 어떻게 안전하게 보관하고 전시 작품들을 어떻게 할 것인가 머릿속으로 시나리오를 세워놓곤 한다. 이따금은 꿈속에서 외계인의 지구 침공이나 좀비 아포칼립스 상황 속에서 수장고를 걸어 잠그고 대정전을 대비하는 계획까지 세우기도 한다. 그렇게 나는 태풍부터 외계인 침공까지 (적어도 머릿속으로는) 거의 완벽한 재난 프로토콜을 만들어 놓고 있었다.

그러나 이렇게 좀비 아포칼립스까지 걱정했던 내가 정작 생각하지 못했던 것이 바로 코로나19 바이러스와 같은 감염병 유행 상황이다.

2019년 말, 대부분의 사람들이 그랬듯이 나는 코로나19 바이러스 소식을 들으면서 심드렁한 반응을 보였다. 그냥 '유행성 독감 정도 되려나'라고 생각하는 수준이었다. 그러다가 갑자기 문제가 심각해졌다. 이듬해 봄, 나는 전시고 뭐고 아예 기관 전체를 휴관하라는 지침을 받았다. 결국 전시는 조기 종료되었다. 내가 전시 쪽 밥을 먹은 지 10년 만에 처음 있는 일이었다.

허무한 기분이 들었다. 특히나 야심차게 준비한 전시였다. 작가들도 이해를 하면서도 못내 서운한 듯 보였다. 당시를 돌이켜 보면 문화계는 거의 초토화 상태였다. 스포츠 경기도 중단되고, 공연은 취소되었으며, 예술 강좌도

무기한 연기되었다. 목숨이 왔다 갔다 하는 상황이니 우리 일상생활에 필수적이지 않은 문화 분야의 모든 이벤트가 중단되는 것도 당연했다. 하지만 나는 그 순간 내가 하는 일이 과연 얼마나 가치 있는가를 생각하게 되었다.

사실 전시 하나 보지 않았다고 생활이 불가능하지는 않다. 예술 작품이나 유물은 먹을 수도 없고 생존에 도움이 되는 도구도 아니다. 그것은 분명히 가치 있는 일이지만, 극한 상황에서 필수 요소는 아니다. 그렇다면 내가 하는 일은 대체 얼마나 가치 있다고 할 수 있을까? 바이러스가 유행하는 상황에서 그 물음은 머릿속에서 사라지지 않았다.

물론 나는 애써 그 물음을 잊어버리려고 했다. 생각하면 할수록 내가 하는 일이란 게 누구에게도 도움이 되지 않는 일로 느껴졌기 때문이다. 나는 변두리의 작은 기관에서 일하는 큐레이터였고, 인류 멸망 상황에서 내가 아끼는 소장품들이나 전시 작품들이 방주 같은 배에 실리는 일은 없을 것이다. 내가 하는 일은 예술가들을 직간접적으로 지원하지만, 내 업무가 예술가들을 먹여 살리지는 않는다. 그렇다면 나는 지금 쓸데없는 일을 하고 있는 걸까? 코로나19 바이러스가 유행한 뒤 한동안 나는 쉽게 기분이 울적

해졌다.

하지만 그렇게 앉아 있을 수만은 없었다. 바이러스가 갑자기 확산되어 전시가 중단된 초기에는 하릴없이 기다리기만 했지만, 두 번째로 같은 상황이 닥치자 솔직히 이번에는 화가 났다. 아무것도 안 하고 계속 기다리는 일을 수동적으로 반복하기는 싫었다. 뭐라도 하고 싶었다.

예전에는 국내의 많은 박물관이나 미술관과 마찬가지로 나 역시 온라인으로 뭔가를 보여준다는 것에 회의적이었다. 지금은 '구글 아트 앤 컬쳐Google Arts & Culture'로 바뀐 '구글 아트 프로젝트'가 시작되어 온라인으로 고해상도 소장품 이미지를 제공하기 시작했을 때만 해도, 나는 소장품을 온라인으로 보여주면 대체 무슨 가치가 있을까 생각했다. 하지만 시간이 지나면서 구글 아트 프로젝트에서 국내 뮤지엄의 소장품들이 조금씩 보이기 시작했다. 과거에는 내가 여기에 대해 이야기를 꺼내면 "그게 뭐야?"라고 심드렁하게 되묻는 반응이 대다수였는데, 코로나19 바이러스 유행 이후로는 종종 이 서비스를 이용해 작품을 본다는 사람을 만날 수 있었다.

신기했다. 문화재나 뮤지엄이라고만 하면 그저 과거에

만 머물러 있을 것 같았는데, 어느 순간 갑자기 바뀌고 있었다. 업계 사람이면서도 나는 코로나19 바이러스 유행 이후 문화계가 얼마나 많이 변했는지를 알고 지금도 깜짝깜짝 놀라곤 한다.

영상도 마찬가지다. 수년 전부터 실험적인 국내 미술관에서 온라인 전시를 서비스하거나 대형 뮤지엄이 유튜브 채널을 개설하기도 했지만, 바이러스가 유행한 후로는 거의 모든 전시 기관에서 유튜브를 하고 있다. 예전에 뉴욕 현대미술관에서 제공하는 전시 연계 프로그램 설명 영상이나 교육 영상을 보면서 '국내에서 저런 것을 볼 날이 있을까' 생각했지만, 바이러스 유행 이후에는 이제 수많은 온라인 전시와 비대면 교육 영상들이 유튜브에 올라와 있다. 그리고 몇 개월이 지나자 줌^{Zoom} 프로그램을 이용한 비대면 예술 교육 과정도 하나둘씩 생겨나기 시작했다.

그래서 코로나19 바이러스 사태로 전시가 중단되자 이러지도 저러지도 못 하는 상황에 처한 우리 기관도 결국 '유튜브 바람'에 동참하게 되었다.

물론 전시 예산조차 빠듯한 작은 전시 기관에서는 유튜브를 시작한다고 해서 대단한 예산을 갑자기 투입하지 못한다. 현실적으로 불가능하다. 목마른 자가 우물을 판다고, 유튜브를 개설하고 영상을 만들고 업로드하는 것까지 전부 담당자가 하나하나 배워가면서 해야 했다. 아마 다른 기관들도 사정은 비슷했는지, 당시 온라인에 올라와 있는 많은 전시 영상들 중에는 전시 기관에서 나처럼 담당자가 맨땅에 헤딩하듯 만들어서 올린 듯한 영상들도 많다. 그런 영상들을 보면 나도 모르게 공감 어린 미소가 떠오르곤 한다.

온라인 전시와 작가 인터뷰 영상들을 올리며 유튜브를 운영하면서, 나의 영상 만드는 실력도 조금씩 나아지기 시작했다. 새로운 것을 시도해 보기도 하고 촬영 방법을 달리하기도 하면서, 처음에는 홈비디오 같았던 영상이 조금씩 나아지기 시작했다. 그렇게 바이러스 유행 이후로 나는 뜬금없이 전시 유튜브 운영자가 되어 있었다.

코로나19 바이러스 유행이 길어진 후로는 확진자 수가 많아졌다고 갑자기 휴관하는 일은 벌어지지 않았다. 대신 모든 직원이 돌아가며 방역 담당과 입구 안내를 맡게 되었다. 회사 유튜브 운영자로 변신했던 나는 이번에는 방역 담당자가 되었고, 이따금은 다른 직원들과 함께 입구에서 체온을 체크하는 역할도 맡았다.

초반에는 마스크를 착용하지 않는 사람들 때문에 애를 먹었다. 마스크를 쓰라고 말하면 "나는 건강하다고!"라고 말하면서 눈을 부라리는 사람도 있었고, 마스크를 건네면서 제발 써달라고 부탁을 하면 직접 씌워달라고 얼굴을 들이밀기도 했다. 발열 체크를 할 때도 마찬가지다. 결국은 사람들도 발열 체크와 명부 작성 또는 전화 체크인 등에 익숙해졌지만, 처음에는 체온 측정을 왜 해야 하는지 명부 작성이 무엇 때문에 필요한지 한 사람 한 사람에게 설명을 하다가 목이 잠길 정도였다.

흔히 재난 상황에서 한 사람의 밑바닥을 볼 수 있다고들 한다. 나는 코로나19 바이러스 유행으로 사람들의 밑바닥을 보았다.

출입자 명부 작성을 부탁하자 '내가 누군지 알아?' 하는 표정으로 인상을 쓰며 눈을 부라리는 높은 분이 있었다. 가끔 오시던 이분에게 융통성 없는 내가 매번 출입자 명부 작성을 부탁하고 그분이 눈을 부라리는 일이 반복되자, 나중에는 수행원들이 미리 와서 명부를 먼저 작성해 놓고 기다렸다. 단체 관람이 안 되는 상황인데 연락도 없이 수십 명이 한꺼번에 들이닥쳐서 "여기까지 왔는데 어쩔 거냐"하며 막무가내로 들어오기도 했다. 가끔씩은 이

중 잣대를 갖고 있는 사람도 만나게 된다. 어제는 전시 공간에서 사람들이 마스크 쓰는지를 제대로 체크하지 않는다고 쓴소리를 했던 사람이 오늘은 버젓이 본인의 친구와 함께 마스크도 의자에 벗어 던져놓고 커피를 마시고 있는 식이다. 코로나19 바이러스가 아니었어도 전시 공간에서는 작품 보호를 위해서 음식물을 먹을 수 없는데, 그런 것쯤은 본인에게 적용되지 않는다고 생각한 모양이다.

그동안의 바이러스 유행 상황은 모든 사람을 지치게 했다. 나 역시 마찬가지로, 애써 준비한 전시가 중단되거나 방역에 전혀 협조하지 않는 사람들에게 설명을 할 때마다 '지금 이게 뭐 하는 짓인가' 하는 생각마저 들었다.

'고작 전시 따위.'

모두가 힘들고 지쳐 있는 상황에서는 이런 생각도 든다. 하루 종일 방역복을 입고 바이러스 검사를 하거나 환자를 돌보는 의료인들도 있고, 바이러스 유행으로 인해 사업을 접고 가게 문을 닫아 힘들어하는 사람도 많은데 나는 고작 전시 하나 열고 닫는 것에 이렇게 호들갑을 떨다니.

전시를 봤다고 해서 사람들의 병이 기적적으로 낫지는

않는다. 귀한 유물을 잘 보존하고 미술 작품을 연구한다고 해서 힘들게 살고 있는 누군가에게 먹을 것이 생기지도 않는다. 하지만 내 직업은 큐레이터고, 어떻게든 전시를 열기 위해서 고군분투하고 있다. 생계를 고민할 정도로 어려운 사람들도 많은데 나 혼자만 별세계에서 뜬구름을 잡고 있는 듯한 기분이었다.

내가 이런 생각에 빠져 있을 때, 아는 장애인 복지 기관의 담당자에게서 문자 메시지가 왔다. 몇 장의 사진과 함께 감사하다는 내용의 메시지였다.

얼마 전, 나는 전시와 연계된 만들기 체험 세트를 기관 위주로 배포했다. 이전에 몇몇 기관에서 그런 서비스를 하는 것을 보고서 우리도 한번 해보자고 이야기해 결국 시작하게 된 것인데, 물론 그다지 성공적이지는 않았다. 작은 전시 기관에서 적은 예산을 들여서 무슨 대단한 것을 만들겠는가. 그래서 결국 1회로 끝나버린 일이었다.

내가 연락을 받은 곳은 바로 그 전시 연계 체험 세트를 갖다드렸던 기관이다. 그 기관에서 일하는 사회복지사 선생님이 사람들이 만들기 체험을 하고 있는 모습과 함께, 완성된 작품을 손에 들고 환하게 웃으면서 즐겁게 춤을 추고 있는 모습을 사진으로 찍어서 나에게 보내주신 것이다.

'코로나 때문에 밖에도 못 나가고 답답해하셨는데 너무 좋아하시네요.'

그분이 보내주신 문자는 이런 내용이었다. 문자를 보는 순간 나도 모르게 울컥해졌다.

코로나19 바이러스 유행 이후 가장 삶이 힘들어진 사람은 사회 소외 계층이라고 어디선가 읽은 적이 있다. 감염을 막기 위한 격리 공간이 없는 사람들도 있고, 돈을 벌기 위해서 어쩔 수 없이 감염 위험을 무릅쓰고 일하는 사람들도 있다. 교육 기관에서는 비대면 교육을 시행하는데 정작 집에 기기가 없는 학생들도 있다. 장애인 기관은 바이러스 유행 이후 아예 문을 걸어 잠갔고, 그곳에 있는 사람들은 누군가의 도움 없이는 외출도 제대로 하기 힘들다.

문화생활도 마찬가지다. 의식주와 관계가 없는 일이다 보니 소외 계층에게는 먼 세계의 일이 되어버렸다. 상황이 점점 나아지면서 방역 지침도 완화되고 이제 단체 관람도 가능해졌지만, 한때 단체 관람이 불가능했던 적도 있었다. 이 상황에서 안타까운 것은 집안 사정이 좋지 못한 학생들과 장애인들이다. 유일하게 문화생활을 할 기회가 단체 관람인데 이마저도 사라졌으니 말이다. 여전히 사람들은 마스크를 쓰고라도 전시를 보러 오며, 부모들은 자가용을 타고서 아이들을 데리고 안전하게 문화생활을 하러 온다. 하지만 이렇게 데려다줄 이가 없는 사람들이나 안전한 이동 수단이 없는 사람들은 아예 방문조차 할 수 없다.

코로나19 바이러스 유행 이후 다른 기관들을 따라서 울며 겨자 먹기로 유튜브를 시작하고 비대면 프로그램을 만들면서 솔직히 회의감이 많이 들었다. 전시를 왜 계속해야 하는지에 대한 질문을 끊임없이 던지면서, 모든 사람이 힘들어하는 이 시기에 나는 '고작 전시 따위'를 만들면서 호들갑만 떠는 것은 아닐까 하는 생각도 했다. 코로나19 바이러스 유행은 내가 이 일을 해야 할 이유가 무엇인지 끊임없이 고민하게 만들었다.

문화생활이 병을 낮게 해주지는 않는다. 예술 작품을 감상한다고 먹을 것이 생기지는 않는다. 그럼에도, 나는 일을 한다. 내 일을 통해 기쁨을 느낄 누군가가 있을 테니까. 나는 장애인 기관 담당자가 보낸 사진을 보면서 다시한번 마음을 다잡으며, 오늘도 또 다른 전시를 준비한다.

'성덕'의 은혜로운 월급 생활

예전에 내가 일하던 박물관에는 김환기 화가의 작품이 소장되어 있었다. 근무를 시작하고 얼마 지나지 않았을 때 그 작품 옆을 지나가면서 '김환기스러운 작품이구만'이라고 생각했는데, 알고 보니 '김환기스러운 작품'이 아니라 진짜 김환기 화가의 작품이었던 것이다. 가끔 깜빡하지만, 사실 박물관은 진품을 소장하고 있는 곳이다. 나는 그 작품이 진짜 김환기 작품이라는 것을 알게 된 뒤로 그 옆을 지나갈 때면 온몸에 전율이 흐르곤 한다. 거창하게 말해서 인류의 문화유산에 둘러싸여서 일할 수 있다는 점 때문이다.

큐레이터로 일하다 보면 책에서만 보던 유물이, 교과서에 실렸던 작가의 작품이 내 손에서 정리되고 연구되며 전시가 된다. 그 과정에서 나 자신도 우리 시대의 어떤 역사에 기여한다는 다소 착각 같은 사명감도 든다. 특히 나처럼 오래된 물건들을 좋아하는 역사 덕후에게는 말 그대로 덕질하라고 월급 주는 곳에서 일하는 듯한 느낌이다.

오래된 유물이나 예술 작품들을 접하거나 전시를 기획할 때도 재미있긴 하지만, 정말로 전율을 주는 것은 소장품 연구이다. 물론 정확히 말해서 소장품을 통해서 새로운 것들을 발견할 때이다.

그렇기 때문에 이따금 나는 오래된 유물이 가득한 수장고에 처박혀 있는 것을 좋아한다. 특히 아직 정리가 안 된 수장고의 유물들을 들여다보면서 하나씩 정리하는 작업을 무척 즐긴다. 생각지도 못한 유물들이 튀어나와서 나를 놀라게 할 때도 있지만, 새로운 유물을 하나씩 탐구하다 보면 마치 탐정 놀이를 하듯 즐겁기 때문이다.

물론 상사들은 내가 수장고에 처박혀 있는 것이 그리 달갑지 않을 터이다. 제대로 정리해서 전시를 하거나 유물 도록을 발간하는 것이 아니라면 눈에 보이는 성과가 나타나지 않기 때문이다. 그래도 나는 꿋꿋이 전시 핑계,

언젠가는 만들 예정인 유물 도록 핑계를 대면서 수장고에서 유물 속에 코를 파묻는다.

그날은 운명적인 날이었다. 하늘이 무척 맑고 기분 좋을 정도로 따스한 봄날이었다. 박물관을 찾는 사람도 거의 없었기 때문에 다른 직원들도 마당에 나와서 한가하게 고양이들과 노닥거리고 있었다. 나는 아침 일찍부터 과감하게 고양이의 유혹을 뿌리치고 정리 핑계를 대면서 어두운 수장고를 뒤지고 있었다. 내 앞에는 전임자는 물론이고 관장님도 전혀 들춰보지 않았고, 보존 처리도 전혀 안 되었으며, 당연히 아직 정리도 안 된 유물이 쌓여 있었다.

누가 보면 폐지 더미라고 해도 좋을 오래된 종이들 틈으로 오래된 서류철이 하나 보였다. 나는 마치 홀린 것처럼 그 서류철을 조심스레 집어 들고 책상으로 가져왔다. 서류철을 펴자 묵은 종이 냄새가 코끝을 간질간질 자극했다.

그것은 일종의 정리되지 않은 여러 서류를 묶은 종이철이었다. 오래된 주주총회 결의록이나 회사 규칙, 신문 기사를 스크랩한 것도 있었으며, 컴퓨터는커녕 타자기도 흔치 않던 시절 손으로 정성껏 작성해 놓은 출장 보고서 같은 것도 있었다. 서류철 속의 자료를 연대순으로 정리하다 보니 가장 최근의 자료가 미군정 시대 자료였고, 대부분은 일제강점기의 것들이었다.

순간 온몸에 소름이 돋기 시작했다. 나는 지금 일제강점기 어느 수산업 회사의 기록물을 가지고 있는 것이다. 아직 누구도 들춰보지 않은 채 묶음 자료로 보관되어 온 기록을 내가 처음으로 펼쳐 보는 순간이었다. 나는 떨리는 가슴을 진정시키면서 조심조심 서류철을 순서대로 분리하기 시작했다.

의외로 근대 이후부터 1990년대까지의 종이나 서적 들은 조선 시대 것들보다 더 망가지기 쉽다. 산성지를 사용했기 때문에 중성지인 한지를 사용한 조선 시대 서적들보다 더 빨리 삭고 누렇게 변해서 쉽게 바스러진다. 이런 현상은 종이를 많이 만질수록, 외부로 노출될수록 심해지는데, 다행스럽게도 이 서류철은 미군정 시기 이후로 거의 펼쳐지지 않은 듯했다. 몇몇 바스러지는 신문 스크랩을 제외하고 업무용 원고나 소책자에 인쇄된 조선총독부 보고서들은 의외로 멀쩡해 보였다.

나는 혹여나 날숨에 산화라도 될까 봐 숨도 거의 참으면서 자료들을 하나씩 하나씩 살피기 시작했다. 일제강점기 후반 조선총독부의 수산 정책에 대해서 연표라도 만들 수 있을 정도로 다양한 보고서들이 튀어나오기 시작하자 좋아서 웃음이 절로 나왔다. 진짜 역사 자료가 내 손에 있었다. 나는 중간 중간에 '기밀자료'라고 도장까지 찍혀 있는 조선총독부 발간 소책자 보고서를 읽고 제목을 하나씩 하나씩 컴퓨터에 입력하면서 신이 난 나머지 머리가 핑 돌 것 같았다.

대학원 시절 수백 페이지에 달하는 조선총독부 자료들을 읽게 했던 교수님에게 엎드려서 절이라도 하고 싶은 심정이었다. 그때로 되돌아갈 수 있다면 수업을 들으면서 늘 '이거 왜 하나' 하는 표정으로 앉아 있던 과거의 나에게 머리를 한 대 쥐어박았을 것이다. 그렇게 수년 전에 배웠던 기억을 짜내고 짜내서 겨우 몇몇 보고서의 내용을 파악하고 기존 아카이브 자료에 있는지 확인을 해보았다. 그런데 계속 찾다 보니 보고서 하나가 어디에도 기록이 남아 있지 않았다.

'이거, 지금까지 밝혀지지 않았던 자료인 거야?'

생각이 벌써 저만치 앞서 나가 마치 내가 새로운 자료를 발굴이라도 한 듯 설레발을 쳤다. 마음속으로는 아르키메데스가 그랬던 것처럼 박물관 밖으로 뛰어나가서 "유레카!"라고 외치고 싶지만, 검증까지는 아직도 머나먼 길이 남아 있다. 나는 학회에서 발표를 하고, 관심이 있는 연구자들을 찾아 이 자료를 검증해야 할 것이다. 사실 이 자료가 새로운 자료라고 밝혀진다고 해도 어떤 가치가 있는지도 모른다. 교과서를 다시 쓰게 할 자료일 수도 있지만, 기껏해야 조선총독부 수산업 정책에 관한 논문의(그것도 그런 논문이 있다면 말이다) 저 구석에 있는 주석 하나 정도를 바꿀 수 있을 정도의 자료일 가능성이 더 높다.

얼마 뒤 나는 바쁜 시간을 쪼개서 학회에서 발표를 하고 결국 관심이 있는 연구자에게 자료를 연결시켜 주었다. 나의 전문 분야도 아니었고, 나보다 더 뛰어난 연구자가 더 깊이 있는 시선으로 유물을 바라봐 주기를 바랐기 때문이다. 허무하게도 그걸로 끝이었다. 유감스럽게도 내가 발굴한 자료가 한국 역사를 새로 쓰지도 않았고, 놀라운 사실이 새롭게 밝혀지지도 않았다. 그것은 그저 이름 없는 한 작은 박물관의 유물이다. 하지만 그러면 뭐 어떤가. 이렇게 역사의 순간들을 가까이 접하면서 일하는 행운을 얻은 사람이 세상에 얼마나 있겠는가.

한번은 유물 이전 때문에 전시 케이스에서 직접 소장품

을 꺼내 조심스레 포장하면서 근대 문학사를 대표하는 오래된 책들을 내 손으로 만져본 적도 있다. 물론 장갑을 꼈지만 말이다. 교과서에서 보던 시인의 육필 원고를 직접 만지는 기분이 어떠했냐고? 창문을 열고 "내가 지금 ○○ 시인이 직접 쓴 원고를 만지고 있다!"라고 세상 사람들에게 자랑하고 싶었다.

다른 미술관과 교류전을 개최하면서 내가 좋아하는 화가의 작품을 대여한 적도 있다. 나는 작품을 대여하기 위해 공문을 쓰고 지루한 행정 업무를 하면서도 조금 있으면 만날 그 작품을 생각하면서 엄청나게 흥분했고, 수장고에 들어가서 담당자와 작품을 검수할 때도 사람들에게 무슨 좋은 일 있냐는 말을 들을 정도로 들떠 있었다.

솔직히 말하자면 전시가 열리기 전에는 그 작품을 만나기 위해서 서류 작업을 했고, 전시가 열리는 동안에는 매일매일 그 작품을 보기 위해 출근했다. 내가 이렇게 사심을 품고 일한다는 것을 관장님이 알았더라면 진작에 내 월급을 절반으로 깎았을지도 모른다.

매일 위대한 화가들의 작품을 보면서 일하고, 역사 속 인물이 직접 쓴 원고를 내 손으로 정리하고, 어쩌면 새로운 발견이 될지도 모를 유물 더미를 뒤적인다. 가끔씩 잊어버리지만, 나는 예술 작품과 문화유산으로 둘러싸인 곳에서 덕질하는 것을 업으로 삼고 있다. 원래 일은 즐기면서 해야 한다지만, 월급 받기가 살짝 미안할 정도로 나는 심하게 호사를 누리는 것 같다.

'희망'의 장례식

"'희망이' 님이 돌아가셨대요."

어느 날이었다. 예전에 함께 일을 했던 어느 예술 강사의 문자 메시지를 받았다. '희망이 사망했다'는 그 말이 무슨 뜻인지 정확히 이해하기 위해 한참 동안 기억을 더듬어야만 했다. 잠시 후, 희미하게나마 누군가의 얼굴이 떠올랐다. 가슴이 덜컥 내려앉았다.

몇 년 전, 지역의 여성 암 환자들을 위한 예술 치유 프로그램을 기획했던 적이 있다.

대부분 전시 기관에서 하는 예술 프로그램이라고 하면 넓은 의미에서 일반인들을 대상으로 하거나, 아예 학교와 연계해서 아동이나 청소년이 단체로 참여하는 것들이 많다. 사실 그편이 좀 더 안전하기도 하거니와, 도심지에 있는 대형 기관을 제외하면 외진 곳에 위치한 대부분의 전시 기관에서는 참여자를 모집하기가 쉽지 않다. 특히 세금으로 운영되는 공공 기관이라면 사진을 찍었을 때 사람들이 북적대는 모습이 나와야 그나마 예산을 낭비했다는 소리를 듣지 않기 때문에 모험하기란 정말로 힘들다.

그러니 내가 굳이 지역의 여성 암 환자라는 좁디좁은 대상으로 예술 프로그램을 만들겠다고 하자 다들 회의적이었다. 안 그래도 늘 부족한 예산으로 운영되는 기관이었다. 전시할 예산도 부족한 마당에 예술 프로그램을, 그것도 굳이 참여자 모집도 제대로 될 것 같지 않은 암 환자를 대상으로 진행한다고? 결국 기관 예산이 아니라 국비 지원금을 통해서 진행하게 되긴 했지만, 그곳에서 심사를 받으면서 나온 이야기도 다르지 않았다.

"아니, 대학 병원도 없는 그 작은 지역에서 굳이 여성 암 환자만을 대상으로 하겠다고요? 모집이 제대로 될까요?"

결론적으로 말하자면 사람들의 걱정은 정확했다.

몇 차례 보도자료를 냈지만 연락이 오는 사람들은 많지

않았다. 애초에 지역 신문을 꼼꼼하게 읽는 사람이 많지 않다. 모집에 필요한 시간을 꽤 길게 잡긴 했지만, 시간이 지날수록 불안해지기 시작했다.

사실 시작하기 전에 지역의 보건소 담당자와 이야기가 꽤 진행되어 있었기 때문에 모집은 별문제 없으리라 생각하고 있었다. 하지만 막상 프로그램이 확정되고 나니 나를 상대했던 보건소 담당자는 다른 곳으로 발령이 난 상태였고, 낯선 업무를 알아가느라 바쁜 새로운 담당자는 나를 도와줄 여유 따윈 없었다.

마음이 불안해졌다. 왜 쓸데없이 암 환자를 대상으로 하는 예술 프로그램을 기획했을까 후회했지만 소용이 없었다. 평소에 나는 개인적인 친분이 있는 사람에게 일과 관련된 부탁을 절대 하지 않는데, 모집된 사람이 없으면 프로그램 자체가 무산된다는 생각에 평소 원칙 따위는 생각할 겨를조차 없었다. 나는 얼굴에 철판을 깔고 도시에 사는 지인들에게 연락을 돌리기 시작했다. 복지 기관, 대학 병원 등에 있는 지인들에게 연락을 했고, 다들 취지에 공감을 하면서 바쁜 시간을 쪼개어 열심히 도와주었다. 가끔씩 내가 왜 굳이 여성 암 환자를 대상으로 한 예술 프로그램을 만들었을까 후회하기도 했지만, 자신의 일도 아닌데 나서서 도와주는 사람들에게서 힘을 얻으며 애초에 내가 시작했던 이유를 마음속으로 다시 한번 되새겼다.

그렇게 프로그램을 시작하는 첫날, 예상했던 수보다는 적었지만 그래도 어느 정도 사람들이 모였다.

첫날 예술 강사는 사람들에게 이름 대신 스스로 불리고 싶은 별명을 지으라고 했다. 자신이 좋아하는 것, 자신이 되고 싶은 것, 자신이 꿈꾸는 것, 자신을 행복하게 하는 것……. 어떤 것도 좋으니 1년여 동안 예술 프로그램에 참여하면서 이곳에서 사용할 이름으로 삼기 위해서였다. 그리고 바로 다음 주인 둘째 날, 모인 사람들은 절반밖에 되지 않았다. 역시 숙제를 내주면 사람들은 싫어하는 걸까. 하지만 그렇게 둘째 날 다시 오신 분들은 그때 지은 별명으로 몇 개월 동안 꾸준히 프로그램에 참여했다.

민들레, 사랑이, 고운달님…… 그리고 '희망'.

'희망'님의 장례식장에는 우리가 아는 사람이 없었다. 몇 년도 전에 했던 그 프로그램에 참여했던 분들과 종종 연락을 하기는 했지만, 그날 장례식에 나와 함께 간 사람은 프로그램을 진행했던 K 선생님뿐이었다.

이른 저녁 시간, 장례식장은 조금씩 조문객들로 붐비고

있었다. 나는 장례식 조문에 서투른 편이어서 쭈뼛쭈뼛 K 선생님을 따라 절을 하고 조의금을 전달하고 나왔다. 검은 테두리 액자에 든 사진이 보였다. 그 얼굴은 내가 기억하는 몇 년 전 희망님의 모습 그대로였다. 웃으면 실눈이 되곤 하는, 항상 수줍게 배시시 웃곤 하던 바로 그 희망님.

몇 년 전이 생각났다. 나는 일주일에 한 번씩 거의 1년 가까이 진행된 프로그램에 매번 빠지지 않고 참석했다. 일손을 돕기도 하고 사진을 찍기도 하면서 말이다. 사람들은 심리 상담을 위한 그림을 그리기도 하고, 도구를 가지고 가벼운 무용을 하기도 했고, 만들기를 하거나 큰 그림을 한 조각씩 나눠서 자유롭게 그리기도 했다. 주로 테이블에 앉아서 하는 활동이 많다 보니 프로그램을 진행하면서 참여자들은 많은 대화를 나눴다.

수술을 했던 병원 이야기, 약물 치료와 방사선 치료 후 겪은 메스꺼움과 변하는 외모에 대한 이야기, 암에 좋은 음식 이야기, 그리고 가족 이야기. 이렇게 대화를 하다 보면 나는 종종 엄마 생각이 났다. 미술 치료를 담당하는 예술 강사 역시 가족이 암 투병을 하고 있었는데, 그러다 보니 서로의 속 이야기를 하다가 가끔 함께 붙들고 우는 경우도 있었다.

'이런 것이 공감이구나.'

참여자들이 암 투병 후 변하는 외모와 마치 전염병 환자라도 되는 양 사람들이 자신을 피한다는 이야기를 나누는 동안 나도 모르게 눈물이 흐르기도 했다.

내가 굳이 지역의 '여성 암 환자'를 대상으로 하는 예술 프로그램을 시작한 이유는 사실 엄마 때문이었다.

몇 년 전 엄마가 암 진단을 받았을 때 나는 암 투병 생활이 어떤 것인지 전혀 알지 못했다. 수술을 하고, 종양을 제거하고, 그 뒤 꾸준히 치료를 받으면 된다고만 막연히 생각했다. 나는 두려워하고 걱정하는 엄마에게 생존 확률을 읊으며 의학 기술을 믿으라고 안심시키려 했다.

암은 조금씩 삶을 좀먹는다. 입원하고 수술을 받는 것은 빙산의 일각일 뿐이다. 수술이 끝나면 화학 치료와 방사선 치료가 이어진다. 혈관에 주입된 약물 때문에 걷기도 벅찰 정도이고, 음식을 보기만 해도 토하려 한다. 방사선 치료 이후에는 머리카락도 빠진다. 그리고 그 후로 몇 년 동안, 어쩌면 평생 암이 재발되지 않았는지 검사를 받을 때마다 당시 겪었던 수술과 약물 치료, 방사선 치료의 악몽이 떠오른다.

당시 엄마에게 필요한 것은 그저 공감이었을지도 모른

다. 괜찮아질 것이라는 말보다 불안을 들어주고, 이해해주고, 함께 울어줄 사람이 필요했을지도 모른다. 나는 맛있는 것을 먹고 나면 조금 나아질 것이라고, 예쁜 모자를 쓰고 외출하면 기분이 좋아질 것이라고 엄마에게 말했다. 하지만 엄마에게 필요한 것은 '더 나아질 것'이라는 말이 아니었다. 몇 년이 지난 뒤 엄마도 솔직히 말했지만, 가족들은 암 환자가 원하는 공감을 주기 힘들다.

엄마는 몸이 조금 나아지자 암 환자 자조 모임에 나가기 시작했다. 각 병원에서는 치료한 환자들을 중심으로 암 환자 자조 모임을 운영하고 있다. 그룹으로 모여서 일종의 미술 치료 프로그램에 참여하는 곳도 있고, 온라인으로 암에 대한 정보를 교환하거나 함께 취미 활동을 하기도 한다. 나는 아픈 몸을 이끌고 굳이 모임에 나가는 엄마를 이해하지 못했지만, 엄마는 모임에 나가면서 비로소 조금씩 안정을 찾기 시작했다.

엄마는 자조 모임 이야기를 하면서 언젠가 나에게 시골에 살고 있는 어느 분에 대해 말해주었다. 아직 치료도 끝나지 않아 몸도 성치 않으면서, 몇 시간씩 대중교통을 타고 도시에서 열리는 자조 모임에 늘 빠지지 않고 참여한다는 것이다. 인구도 적고 인프라도 없는 시골에서는 암 환자들의 자조 모임 같은 것은 언감생심이었다.

나는 시골에서 일하게 되면서 예술 프로그램을 만들 기회가 생기자 제일 먼저 엄마를 떠올렸다. 그리고 엄마가 말했던, 시골에서 몇 시간씩 대중교통을 타고 자조 모임에 참여한다는 그분을 떠올렸다. 모든 이를 대상으로 모두가 참여할 수 있는 프로그램이 듣기에는 좋을 수 있다. 하지만 자세히 들여다보면, 모든 이를 대상으로 프로그램을 만들면 소외되는 사람들이 나오기 마련이다. 나는 이왕 만드는 예술 프로그램을 도시에서 소외되는 사람들을 대상으로 만들기로 했던 것이다.

장례식장 한구석에 앉아서 K 선생님과 내가 몇 년 전의 공통된 기억에 대해서 대화를 나누는 동안, 희망님의 가족으로 보이는 분이 우리에게 다가왔다. 다들 서로를 잘 알고 있는 시골 장례식장이었고, 아는 사람이 아무도 없는 우리에 대해서 아까부터 궁금했던 듯했다. 희망님의 아들이라고 소개한 그분은 우리가 어머님을 어떻게 알고 있는지 조심스레 물어보았다.

몇 년도 전에 했던 예술 프로그램이다. 비록 1년 정도 진행되긴 했고 그로 인해서 내가 바라던 참여자끼리의 네

트워크도 조금 생기기는 했지만, 유감스럽게도 다음 해부터는 기관의 사정으로 프로그램을 운영할 수 없었다. 나역시도 참여자들에게 가끔씩 문자를 보내는 것 외에는 신경을 쓰지 못해서, 아드님의 질문에 부끄러운 기분이 들었다.

나를 대신해서 K 선생님이 아드님에게 이러이러한 프로그램으로 몇 년 전에 만났다고 설명을 했다. 몇 년 전 프로그램 참여자 장례식장에 오다니. 나는 가족들이 우리가 어떤 심정으로, 여기에 왔는지 절대 이해하지 못할 것이라고 생각했다.

그런데 K 선생님의 설명을 들은 아드님이 우리가 했던 프로그램을 기억한다고 말했다.

"어머니께서 돌아가시기 전까지 그 모임 얘기를 계속하셨어요."

아드님은 우리에게 어머니가 그 모임에 나가서 얼마나 즐거웠는지, 거기서 얼마나 힘을 얻었는지를 이야기해 주었다. 그 뒤로 희망님은 암이 재발해서 다시 치료를 받아야만 했지만, 내가 가끔씩 보내는 문자를 보면서 "낫고 나면 함께했던 사람들을 만나러 가야지" 하고 가족들에게 이야기하곤 했다는 것이다.

그 이야기를 듣는 순간 나는 물도 삼키기 힘들 정도로 목이 메고 말았다. 아드님은 K 선생님과 내가 장례식장을 떠날 때 또 한 번 같은 이야기를 하면서 우리를 배웅했다. 그렇게 조문을 마치고 장례식장 밖으로 나온 나는 K 선생님과 또 만나자고 서로 인사를 나누고 차를 타고 집으로 향했다.

집으로 돌아와서 주차를 할 때까지 머릿속에 장례식장에서 만난 희망님의 아드님 모습이 계속 생각났다. 목구멍에 뭔가 걸려 있는 기분이었다. 나는 집에 들어와서 침대에 걸터앉는 순간 나도 모르게 울음을 터뜨리고 말았다.

당시 나는 기관에서 힘든 시기를 보내며 지독한 무기력에 시달리고 있었다. 위에서는 행정 업무가 아닌 내 업무에는 관심조차 없었다. 뭔가 추진하려고 하면 왜 굳이 고생을 사서 하느냐고 쓴소리를 듣던 때였다. 나조차도 내가 하고 있는 모든 일이 대체 무슨 소용이 있는지 의구심도 들었다. 큐레이터고 뭐고 다 집어치우고 싶다는 생각도 들었다.

'희망'님의 장례식을 다녀와서 나는 내가 했던 일이 시간이 흐른 뒤 사람들에게 어떻게 남아 있는지 보게 되었다. 물론 내가 기획하긴 했지만 그 프로그램을 만들어 나간 것은 참여했던 모든 사람이다. 나는 내 일의 진짜 가치가 무엇인지 절실하게 깨닫게 되었다. 사람들이 예술을 통해서 삶에 중요한 뭔가를 얻어가게 하는 것. 그 '뭔가'가 위안일 수도 있고, 재미일 수도 있고, 어쩌면 '희망'일 수도 있다.

그날 이후 내가 힘을 얻어서 더 열심히 일했다고 말한다면 아름다운 이야기가 되었겠지만, 사실 현실은 그렇게 동화같이 전개되지 않았다. 나는 그 뒤로도 끊임없이 내가 하는 일이 어떤 의미가 있는지, 왜 이 일을 하는지 회의감을 느끼곤 했다.

하지만 그럴 때마다 희망님을 떠올린다. 그리고 설사 안 될지라도, 반대에 부딪힐지라도 내가 할 일을 계속해 나갈 수 있는 힘을 얻는다.

3장

박물관 블루스

미술관에서 동물원까지의 거리

1998년에 개봉한 〈미술관 옆 동물원〉이라는 영화가 있다. 오래전 TV에서 봐서 내용도 가물가물하지만, 나는 동물원 옆에 있는 국립현대미술관 과천관에 갈 때마다 그 영화가 생각나곤 한다. 영화에서는 완전히 다른 성향의 두 남녀가 나온다. 영화 제목의 '미술관'과 '동물원'은 성격이 극과 극인 두 사람을 상징하는 것이라고들 한다.

그런데, 영화 홍보 문구에서 나오는 말처럼 정말로 미술관과 동물원은 완전히 다를까?

사실 둘은 완전히 다른 존재가 아니라 아무리 멀어봤자 사촌쯤은 된다고 볼 수 있다. 한국의 법이 정의하는 박물관 안에는 역사 박물관이나 과학관뿐만 아니라 동물원과 식물원이 모두 들어가기 때문이다. '박물관'이라는 용어는 근대 시기 일본을 거쳐서 들어왔는데, 일본에서는 '박물Nature history'이라는 용어를 자연사, 과학, 예술, 물산 등을 전부 아우르는 뜻으로 해석했고 결국 이것이 박물관이라는 용어를 만드는 데에 영향을 끼친 것이다.

그렇다면 박물관과 느낌상 비슷하게 느껴지는 미술관은? 그러니까 미술관과 동물원은 다르기보다는 동류라는 뜻인가? 여기에 대답을 하자면 다시 역사 이야기가 나오지 않을 수가 없다. 우리나라에서 박물관이라는 용어가 정착되어 가면서 묘하게도 박물관은 미술관과 분리되어 버렸기 때문이다.

이것도 미술Fine art이라는 용어가 일본에서 처음 번역되고 나서 당시의 예술 작품을 전시하는 갤러리를 미술관이라는 다른 용어로 부르게 된 것으로부터 시작한다. 이 개념이 한국에 들어와서 오래된 유물과 미술품을 전시하는 박물관과 동시대의 시각 예술 작품을 전시하는 미술관이라는 개념이 정착되었다. 근대 한국에서는 박물관이 생기고, 동시대의 미술 작품을 전시하는 갤러리 혹은 박람회적인 성격을 가진 미술관이 다시 생겨난다.

사실 미술관은 박물관의 한 종류이다. 박물관이 뮤지엄 Museum이라면, 미술관은 아트 뮤지엄Art Museum이다. 그런데 우리나라는 박물관과 미술관을 다른 용어로 불러서 법을 만들 때에도 '박물관 진흥법'이 아니라 '박물관 및 미술관 진흥법'이라고 만들었다. 이상하게도 내용에서는 미술관 이 박물관의 한 종류라고 말하고 있긴 하지만 말이다. 나 만 이상하게 느낀 것이 아니었는지 법이 제정될 당시에도 그렇고 지금도 많은 사람들이 이 부분이 잘못되었다고 지 적하는데, 법이 지정될 당시 그럴 수밖에 없는 어른의 사 정이 있었던 것 같고 지금도 고칠 수 없는 어른의 사정이 있는 것 같다.

그러다 보니 사람들이 박물관에서 전시되는 것은 예술 작품이 아니라고 생각하고, 미술관에서 전시되는 미술 작 품만이 예술이라고 생각하는 슬픈 일도 생긴다. 과학자이 며 요리사이기도 했던 다빈치나 르네상스 시대 공방의 예 술가들이 만든 작품들은 예술로 느끼고, 같은 시대 조선 의 문인 화가들이 그린 작품이나 공예 작품은 어쩐지 역 사 유물인 것만 같은 느낌이 생겨나는 지점도 바로 여기 다. 아버지를 아버지라 부르지 못해 서러워하는 홍길동도 아니면서, 우리 인식 속에서 미술관은 계속 박물관과 어정쩡하게 떨어져 있다.

이런 구분 짓기는 요즘 같은 시대에는 좀 촌스럽게 느껴진다. 요즘은 미술관에서도 역사를 주제로 전시를 하며, 역사 유물과 현대 미술을 접목한 전시도 큰 인기를 끌었고, 박물관에서 현대 미술 작가의 전시가 열리기도 한다. 최근에는 과학관에서도 컴퓨터를 활용한 시각 예술 작품 전시를 열기도 한다. 지금 같은 시대에 용어를 구분하는 것 자체가 의미 없다. 그래서 소위 힙한 연구자들은 박물관이나 미술관을 굳이 구분하지 않고 그냥 영문으로 '뮤지엄'이라고 부르기도 한다. 물론 나도 가끔 힙해지고 싶을 때마다 그 용어를 사용하기는 하지만.

내가 가장 사랑하는 박물관 중 하나는 도서관이다. 아일랜드 더블린에 있는 체스터 비티Chester Beatty는 놀라울 정도로 굉장한 동아시아 고미술품을 소장하고 있는 박물관인데 한때 도서관이라고 불렸다. 이러니, 박물관이면 또어떻고 미술관이면 어떤가. 장미는 어떤 이름으로 불려도 달콤한 향기가 날 텐데 말이다.

전시 공간의 귀여운 반달리스트들

러시아의 트레티야코프미술관The State Tretyakov Gallery에는 훼손된 사건으로 널리 알려진 작품이 있다. 광기에 휩싸여 아들을 자기 손으로 죽인 후 무슨 짓을 했는지 깨닫고 후회와 경악 속에 아들을 부둥켜안고 있는 차르 이반의 모습을 담은 역사화이다. 러시아의 국민 화가라고 해도 부족함이 없는 일리야 레핀의 이 작품은 작가 생전에도 훼손되었다가 복구된 적이 있는데, 몇 년 전 다시 어느 취객에 의해서 훼손되어 버렸다.

러시아의 가장 중요한 미술관 중 하나인 곳에서, 그것도 러시아 미술사에서 가장 중요한 그림 중 하나가 삼엄

한 경비를 뚫고 훼손되었다는 사실을 뉴스로 접하고 나는 경악했다. 사실 이런 일은 역사를 돌이켜 보면 심심찮게 벌어지는 사건이긴 하다. 아무리 철통같은 경비를 한다고 한들, 작품을 전시한다는 것은 그것을 불특정 다수에게 내놓는다는 뜻이다. 나는 그 뉴스를 보고 한동안 술 취한 사람이 우리 소장품을 훼손하는 악몽에 시달렸다.

내가 책임을 지고 있는 작품들은 한 시대를 대표할 정도로 유명한 작품들은 아니지만, 한 작가의 예술적 철학과 고민 속에서 탄생한 존재들이며 그렇기에 존중받아야 마땅하다. 그런데 불행인지 다행인지 내가 일하는 전시 공간에는 전 세계 수많은 사람이 작품을 보기 위해서 몰려들지도 않고, 대체로 늘 오는 단골 관람객들이 조용히 작품을 관람한다.

관광객들이 찾아오기에는 너무 외진 곳이며, 정치적인 이유로 반달리즘을 행하기에는 세간의 주목을 끌기 힘들고, 술 한잔 거나하게 하고 취해서 오기에는 전시 공간으로 향하는 길이 너무 복잡하다. 어른들은 전시 공간의 고요함과 미술 작품이 주는 '아우라'에 압도되어 가까이 가지 않는다.

그렇다 보니 내가 두려워하는 사람들은 전시 공간을 쳐

음 방문하는 천방지축 어린이들뿐이다.

사실 어린이 단체 관람객과 어린이를 데리고 오는 가족 단위 관람객은 전시 공간의 VIP 고객들이다. 작은 전시 공간에서는 방문객의 대부분이 이들일 뿐만 아니라, 어린이들이야말로 잠재적으로 수년간 재방문을 할 여지가 있는 관람객이기 때문이다. 여기에 꼬마들이 이따금 던지는 천진하고 엉뚱한 질문들에서 느끼는 귀여움은 덤이다.

하지만 어디로 튈지 모르는 어린이들은 때때로 전시실에서 가장 무시무시한 존재로 돌변하기도 한다. 아이들은 예측 불가능한 존재다. 전시 관람 경험이 별로 없는 어린이들이 특히 경계 대상인데, 넓은 전시 공간을 신나게 뛰어다니다가 유물로 돌진하기도 하고 작품을 보다가 손으로 만지기도, 장난을 치다가 조각 작품을 넘어뜨리기도 하기 때문이다.

어린이 단체 관람객이 오는 날은 늘 바짝 긴장을 한다. 입구에서 먼저 단단히 주의 사항을 일러준다. "작품에 손을 대면 작품이 '아야' 해요"라며 스스로 듣기에도 낯 뜨거운 말투와 표정으로 설명을 하고, 전시실에서 절대로 뛰면 안 된다는 주의 사항을 일러주기도 한다. 그리고 아이들이 전시실로 들어오면 이제 나는 국가대표 골키퍼처럼 결연한 표정으로 경기 태세에 돌입한다. 아니, 축구가 아니라 혼자서 수비를 하는 럭비일지도 모르겠다.

저기, 대열에서 벗어나 그림 쪽으로 슬금슬금 다가가는 아이가 한 명 있다. 나는 한쪽 눈으로는 나머지 아이들을 지켜보면서, 대열에서 벗어난 아이에게 천천히 다가가 수비할 준비를 한다. 아, 다행히 그림에 흥미를 잃고 다시 짝에게로 되돌아간다. 나는 안도의 미소를 짓는다. 그런데 그 순간 반대편에서 얼굴에 장난기 가득한 말썽꾼 하나가 선생님의 눈을 피해서 뛸 준비를 하고 있다. 그 아이는 만화에 나오는 슈퍼 히어로처럼 천장을 향해 몇 번 점프를 하다가 이번에는 회오리처럼 뱅뱅 돌기 시작한다. 나와 그 어린이의 거리는 약 10미터. 그림과 그 어린이의 거리는 단 1미터. 나는 단거리 스프린터처럼 다다닥 전시실 한복판을 질주해 멋진 피루엣을 선보이고 있는 그 어린이를 저지한다. 하지만 그 순간, 나는 큰 실수를 했다는 것을 깨닫는다. 내가 전시실을 질주하는 것을 본 아이들이 "선생님, 전시실에서 뛰면 안 된다고 했잖아요!"라고 합창을 하고 있지 않은가. 내가 룰을 깨버리자 전시 공간은 완전한 카오스로 돌변한다. 아이들은 슬금슬금 뛰거나 점프하거나 장난칠 준비를 하고, 나는 이제 깔깔대며 뛰

어다닐 준비가 끝난 20명이 넘는 아이들을 혼자 디펜스해
야 하는 상황에 처했다.

다행히도 나는 그동안 아이들 때문에 생긴 큰 사고를
겪어본 적은 없다. 아이들이 치는 장난은 아주 작고 소소
한 것들이다. 전시실 입구에 비치해 놓은 전시 활동지 코
너에서 사인펜을 가져다가 입구 전시실 벽에 낙서를 해놓
은 사건도 있었지만 다행히 어느 누구도 그림 위에는 펜으
로 장난을 치지 않았다. 어린이 활동용으로 비치해 놓은
스티커를 작품에 붙여놓은 사건은 있었지만, 유리 액자를
씌운 작품이라 금방 스티커를 제거할 수 있었다. 이렇듯
아이들이 치는 장난은 아주 작고 사소한 것들이었다.

극도로 소심하고 걱정 많은 나도 한동안 아무 일도 벌
어지지 않자 조금 느슨해졌다. 주로 평면 회화 전시를 하
다 보니 키가 작은 어린이들에게 작품이 잘 닿지 않기도
했지만, 몇 년 동안 어린이 단체 관람이 있을 때마다 철저
하게 사전 교육을 시킨 덕에 이제 지역의 단골 유치원 선
생님들은 전시실에서 어떻게 해야 하는지 아이들에게 신
신당부를 하고 관람을 왔다.

그러는 동안 나는 한국의 대표적인 화가의 작품을 전시
하고, 타 지역의 미술관에서 역사적 가치가 있는 소장품

을 빌려서 전시하고, 심지어 설치 예술 작품 전시도 해봤지만 아무 일도 벌어지지 않았다. 운이 좋았던 것일지도 모르겠다. 나는 대담해졌다. 이제 어린이들이 재미있어할 만한 설치 미술 전시를 한번 해볼까 물색하기 시작했다.

결론부터 말하자면, 그것은 큰 실수였다. 규모가 작은 전시 공간에서 가장 적게 투자하는 부분은 아이러니하게도 큐레이터와 작품 관리원, 도슨트이다. 공공 부분도 마찬가지인데, 지자체가 만든 공공 전시 공간에서는 애초에 건물을 짓는 데 너무 많은 비용을 투자해 버려서 그 뒤로 운영비는 최대한 아끼려고 한다. 박물관이나 미술관이라면 등록에 큐레이터가 필요하기에 한 사람 정도는 두긴 하지만, 전시 공간에서 작품을 관리하는 사람이나 도슨트가 있어야 한다고 말하면 "큐레이터가 하면 되지 않느냐"라며 흰 눈으로 본다.

나도 몇 년간 지속적으로 도슨트가 있어야 한다고 이야기해 왔지만 씨알도 먹히지 않았다. 첫 번째 이유는 도슨트가 필요할 정도로 관람객이 많이 오지 않기 때문에, 두 번째는 외진 이곳까지 올 사람이 없다는 것, 그리고 세 번째는 아무리 자원봉사자라고 해도 일정 정도 사례비를 지급해야 하는데 그럴 예산이 없다는 것이다. 몇 년 동안 같은 내용을 조금씩 말만 바꿔가며 이야기하긴 했지만, 빡빡하게 운영되는 예산에 그것이 불가능하다는 사실을 나 자신도 너무나 잘 알고 있다.

하지만 이번은 그냥 회화 전시가 아니라 온갖 민감한 기계 장치들로 만들어진 설치 미술 작품들이었다. 작품 관리원이나 도슨트가 없는 공간에서 설치 작품들을 향해 뛰어가는 아이들을 생각하니 소름이 쫙 돋았다. 이번에는 도슨트라도 꼭 있어야 한다고 주장했고, 어떻게 예산을 짜내고 조정해서 몇 분의 도슨트 겸 작품 지킴이를 둘 수 있었다.

그런데 문제는 애초에 예산 때문에 소심해졌고, 전시 공간에 들어온 아이들의 영향을 과소평가했던 내가 충분한 인원을 확보하지 않은 것이었다. 그러면서 나는 무슨 근거 없는 자신감인지 전시를 지역 사회에 대대적으로 홍보하기 시작했다. 아이들을 위한 '체험' 전시라고.

"아이들이 정말 좋아해요."

"예술 작품을 재미있게 체험해 보세요."

"놓치지 말아야 할 미술 체험 전시."

나는 이런 문장들로 홍보물을 도배하며 작품이 얼마나

재미있는지 강조했다. 지나고 보니 이것도 실수였다. '체험'이라는 단어에 사람들이 첫날부터 엄청나게 몰려든 것이다. 게다가 실제로 관람객이 만질 수 있는 인터랙티브 작품들이 많았기 때문에, 그동안 이런 전시를 목말라하던 가족 단위 관람객들이 밀물처럼 꾸역꾸역 전시실로 들어왔다.

"세상에! 여기서 사람들이 줄 서서 입장하는 걸 보게 되네."

깜짝 놀란 동료들이 한마디씩 하는 걸 들으며 뿌듯해하는 것도 잠시, 나는 차원이 다른 지옥에 빠져들었다.

혹시 히에로니무스 보스Hieronymus Bosch의 〈쾌락의 정원〉에 나온 지옥도를 본 적이 있는가. 온갖 형태의 무서운 괴물들과 악마들이 사람들을 고문하거나 집어삼키고 있는 전경을 담고 있는데, 이 그림의 실제 버전이 어느 주말 내 눈 앞에 펼쳐지고 있었다.

문 앞에는 아직 입장하지 못한 가족 단위 관람객이 길게 줄을 서 있었다. 부모들은 조바심 내는 아이들을 달래거나 지친 아이들의 입에 사탕이나 과자를 넣어주고 있었다. 안 그래도 그다지 넓지 않은 데다가 특성상 사람들의 소리가 더 크게 울리는 전시 공간 안은 뛰고 싶어 하는 아이들과 작품으로 손을 뻗는 아이들, 그 광경을 보고 주의를 주는 도슨트의 목소리, 관객이 밟거나 만질 수 있는 인터랙티브 체험 작품을 손으로 쾅쾅 치고 고함을 지르는 아이들로 가득 차 있었다.

아이들을 데리고 온 부모 대다수는 전시를 처음 보러 온 사람들이었는데, 이곳을 키즈카페라고 생각했는지 아이들에게 "가서 놀아"라고 말하기까지 했다. 어른이 보아도 신기한 작품에서 부모들이 시선을 떼지 못하는 사이, 아이들은 전시 차단봉을 넘어가서 움직이는 작품을 만지려고 했다. 나는 이번에는 아이들을 동반한 부모들에게 에둘러서 주의를 주기로 했다.

"어린이 여러분, 여기서는 부모님 손을 꼭 잡고 천천히 움직이세요."

어린이들에게 가서 다소 큰 소리로 타이르자, 그제야 부모들도 아이들을 단속하기 시작했다. 어린이들이 조금씩 안정을 찾아가자 전시실도 차츰 조용해졌다.

이렇게 여러 번 반복하다 보면 다음번, 또는 다다음번 전시에서는 부모들이 아이들을 잘 단속하면서 조용히 관람하는 문화가 언젠가 정착할지도 모른다. 나는 거의 몇 시간 동안 사람들에게 관람 주의법을 일러준 뒤, 도슨트에게 인계하고는 천천히 전시 작품을 점검하기 시작했다.

'이런 전시를 하기에는 역부족이었어.'

나는 일리야 레핀의 훼손된 그림 속 이반 뇌제처럼 회화과 절망에 찬 표정으로 어느 인터랙티브 작품 앞에 힘없이 섰다. 사람들이 다가가면 움직이는 그 작품은, 모든 것은 하나로 환원된다는 우주적인 진리를 담고 있었다.

팔을 축 늘어뜨리고 있는 내 옆에 네다섯 살짜리 꼬마가 다가와서 섰다. 곁눈으로 슬쩍 보니 이 아이의 보호자는 바로 뒤에서 다른 작품을 보느라 정신이 없는 것 같다. 나는 꼬마의 보호자에게 아이의 손을 잡아달라고 부탁할까 말까 잠깐 고민하다가 일단은 지켜보기로 했다. 꼬마가 작품을 만질까 봐 온몸의 털이 삐죽 선 듯 긴장됐지만, 겉으로는 내색하지 않고 가만히 작품을 보는 척했다.

그 순간, 이 아이의 고사리 같은 손이 내 손가락을 살며시 쥐었다. 내 손을 잡은 아이는 작품으로 손을 뻗거나 소리를 지르는 대신, 맑은 눈으로 조용히 움직이는 작품을 보고만 있었다. 어쩌면 작품을 집중해서 보다가 옆에 서 있는 나를 엄마로 착각했던 것인지도 모르겠다.

나는 내 검지손가락을 살며시 쥐고 있는 아이의 조그만 손가락을 빤히 내려다보았지만, 아기 천사처럼 생긴 이 꼬마는 그저 작품만을 열심히 보고 있다. 조그만 입술을 우물우물하면서, 절대로 알아듣지 못할 말을 중얼거리기도 한다. 나는 작품에 빠져 있는 꼬마의 모습을 보는 순간 가슴이 말랑말랑해져 녹아내릴 것만 같았다.

생각해 보면 모든 아이들이 전시실에서 뛰어다니고 장난을 치지는 않는다. 많은 아이들은 "전시실에서는 뛰면 안 돼"라고 내가 했던 말을 그대로 따라 하면서, 전시실에서 발을 들고 살금살금 걷는다. 작품에 가까이 가려는 친구에게 "○○아! 만지면 안 돼!"라고 주의를 주는 어린이도 있었다. 어떤 아이들은 놀랍게도 어른보다 더 흥미를 가지고 작품을 감상하기도 한다.

예전에, 전시를 보러 왔던 한 아이가 생각난다. 인간의 감성을 자극하는 따뜻한 작품으로 잘 알려진 어느 화가의 회고전이었다. 내가 전시실에 잠시 들러서 지인에게 전시에 대해서 설명하면서 이런저런 이야기를 나누고 있는데, 그 아이가 쪼르르 나에게 달려왔다.

"큐레이터 선생님!"

아이는 내가 만들어 놓은 활동지를 꾸깃꾸깃 접은 채 손에 들고 있었다. 그 아이가 접은 활동지를 불쑥 내미는 모습을 보고 나는 기계적으로 말했다.

"집에 가져가서 오늘 봤던 작품을 생각하면서 활동지를 해보세요."

그렇게 말하고 돌아서려는 순간, 아이가 내 소매를 잡아당겼다. 그리고 아이의 조그만 손이 꾸깃꾸깃 접어놓은 종이를 내 손에 쥐어주었다. "쓰레기는 저기 쓰레기통에 버리세요"라고 채 말하기도 전에 아이는 수줍은 표정으로 저만치 달려가면서 나에게 말했다.

"선생님 드리는 거예요."

그러고는 전시실 밖으로 쪼르르 달려가 버렸다.

'참 황당한 경우도 있네. 쓰레기를 나한테 주면 어쩌라는 거지.'

나는 속으로 중얼거리면서 아이가 나에게 건네준 종잇조각을 펴 보았다.

활동지 안에는 화가의 그림을 따라 그린 아이의 스케치가 있었다. 화가의 시그니처라고 할 수 있는 황소의 모습을 아이의 눈으로 해석해서 그린 그 그림을 보는 순간, 그동안 내가 갖고 있던 어린이 관람객에 대한 편견이 싹 사라졌다. 죽었다 깨나도 작품을 제대로 이해하지 못할 것이며, 그냥 예쁜 색깔이나 모양만 좋아하며, 그렇기 때문에 전시실에 들어오면 지루한 나머지 어디로 튈지 모른다는 편견 말이다.

오늘도, 내일도 전시실에 온 아이들은 또 하나의 지옥
도를 만들지도 모른다. 하지만 생각해 보면 모든 아이들
이 잠재적인 반달리스트인 것만은 아니다. 이따금 천사처
럼 다가와서 걱정 많은 큐레이터의 마음을 달래주기도 하
니까.

덕후들이 만든 찬란한 세계,
뮤지엄

나에게는 자동차 덕후인 조카가 있다. 비싼 차를 수집하거나 튜닝하느라고 돈깨나 들겠다고 생각하는 사람이 있을지는 모르겠지만, 내 조카는 다행히도 세 살이다. 지금 그 조카 녀석이 할 수 있는 덕질은 하루 종일 자동차 장난감을 굴리며 온 집 안을 기어 다니거나, 길을 가다가 소방차가 지나갈 때마다 흥분해서 통통한 손을 흔드는 것뿐이다.

갓난아기 때부터 이 녀석은 자동차에 유달리 흥분하곤 했다. 유모차를 타던 시절에는 바깥에 나갈 때면 지나가는 자동차를 보면서 잘 가누지도 못하는 고개를 돌려 손을 흔들었고 기어 다닐 때가 되자 미니어처 자동차를 굴리면서 온 집 안을 헤집었다. 명절을 맞아 오랜만에 온 가족이 모이면 이 녀석은 본인이 소장한 미니어처 자동차를 하나씩 꺼내서 자랑을 하고, 멀리 사는 동생 부부가 이따금 영상 통화를 걸 때면 화면 한쪽에서 미니어처 자동차를 든 통통한 손가락이 불쑥 나타난다. 조카는 몇 번이고 제 놀이방을 오가면서 자동차를 카메라 앞에 내어놓으며 본인만 알아들을 옹알이로 자세히 설명해 준다. 보는 사람들은 그 모습을 보면서 폭소를 터뜨리지만 옹알거리는 조카 본인은 엄청나게 진지하다.

나는 자동차에 푹 빠져 있는 조카를 볼 때마다, 뮤지엄 업계 사람들을 떠올린다.

뮤지엄이란 기본적으로 덕질에서 시작되었다.

단어가 고대 그리스의 뮤즈들에게 봉헌된 제물들을 모아놓은 장소에서 유래한 것이긴 하지만, 우리가 알고 있는 현재의 뮤지엄 형태가 조금씩 나오기 시작한 것은 훨씬 이후이다. 사람들은 예술품과 희귀한 물건을 사랑했다. 그리고 권력과 재력이 있는 사람들이 예술 작품과 진귀한 유물을 사서 모으기 시작했다.

자동차 덕후인 내 조카가 수집한 미니어처 자동차를 언제든 꺼내서 늘어놓고 자랑할 준비가 되어 있는 것처럼, 이 수집가들은 저택과 궁전에 자신들이 수집한 작품을 전시하고 손님들에게 보여주었다. 이렇게 시작한 수집품 자랑이 근대에 와서 결국 우리가 알고 있는 미술관과 박물관이 되었다.

큐레이터라는 단어는 요즘은 주로 무엇을 골라준다는 의미로 많이 쓰이기도 하지만, 원래는 귀한 예술품들을 돌보는 사람에서 출발했다. 자동차 덕후인 우리 조카도 할 수만 있다면 큐레이터를 고용해서 제가 갖고 있는 미니어처 자동차를 분류하고, 연구하고, 보존하게 했을 것이다. 아직은 옹알이를 하는 꼬마라서 그럴 수 없는 게 분하겠지만, 오래전 유럽의 왕과 귀족들에게는 충분히 그럴 재력이 있었다. 그래서 큐레이터는 처음에는 왕과 귀족을 위해, 나중에는 뮤지엄을 위해 일했고 그러다가 지금과 같은 큐레이터가 되었다.

뮤지엄 쪽 사람들을 만날 때면, 세상에는 내가 모르는 수만 가지 분야의 수집품과 이것으로 만들어진 뮤지엄이 있다는 사실을 깨닫는다. 서양 도자기만을 수집하여 박물관을 만든 사람이 있는가 하면, 우리가 흔히 장독으로 쓰고 있는 옹기만을 수집하는 사람도 있다. 농사와 관련된 유물이나 아이들 장난감을 수집하여 전시하는 박물관도 있으며, 수많은 음원들을 모아놓거나 사람들이 신었던 신발을 전시하는 미술관도 있다. 도대체 저것도 유물이나 예술품이 될 수 있을까 싶은 것도 있는데, 그쪽에서 일하는 분들의 말씀을 들어보면 또 그럴듯하다.

한국에는 수많은 사립 뮤지엄들이 있는데, 여기 계시는 관장들 또한 기본적으로 내 조카보다 더하면 더했지 못하지는 않은 수집가들이다. 예술품 수집을 한번 시작하면 가산을 탕진한다는 얘기가 있는데, 이분들 가운데에는 거의 전 재산을 예술품 수집에 쏟아부은 분들이 많다.

내가 아는 한 관장님은 유물로 집 안을 가득 채우고 창고까지 빌려서 수집을 계속하다가 결국 수집품을 둘 곳이 없어서 박물관을 차렸노라, 농담 삼아 말씀하시곤 한다. 또 어떤 분은 취미로 예술품을 모으기 시작하면서 틈틈이 공부를 하다가 그 분야의 전문가가 되기도 했다. 전시 케이스에 들어 있는 작품을 보면서 이건 어떻게 소장하게 되었냐고 물으면, 구입한 금액과 연도부터(운이 좋으면 그날의 날씨까지 들을 수도 있다) 작품의 역사와 의미까지 한시간 가까이 강의하시는 관장님도 있다.

뮤지엄이라는 곳이 기본적으로 유물이나 미술품 덕후들의 세상이다 보니, 수집벽이 있는 관장들 못지않게 큐레이터들 가운데도 대단한 덕후들이 많다. 다만 뮤지엄이라는 것이 기본적으로 분야가 다양하고 넓다 보니 다들 한방에 모이면 서로 자기 분야 이야기만 하게 된다.

한쪽에서 나무로 만들어진 전통 예술품에 대해서 이야기를 하는가 하면, 저쪽에서는 보통 사람들은 전혀 모르는 지역 미술사 이야기를 신이 나서 떠들어 대는 사람이 있다. 일반인이 보기에는 그냥 편지 봉투에 낙서한 것 같은데, 호들갑을 떨면서 이게 얼마나 귀한 미술품인지 수선을 떠는 사람이 바로 큐레이터들이다.

흔히 덕질하는 사람들 사이에는 그들만의 화법과 용어가 있어서 외부 사람들은 말을 알아듣기 힘들다고들 한다. 내가 아는 어떤 공연 덕후는 수많은 줄임말로 나를 어리둥절하게 만들고, 아이돌 덕질을 하는 지인은 매일매일 그 가수가 어디서 공연을 하고 어디 머무는지 전부 꿰고 있다. 밀리터리 덕후들, 줄여서 '밀덕'이라고 부르는 이들은 대체 왜 그러는지 모르겠지만 항공기 이동 경로 사이트를 매일 들여다보면서 현재 무슨 작전이 펼쳐지고 있는지 추측을 늘어놓는다.

나는 늘 덕후들을 사랑했다. 다른 사람들에게는 별것 아닌 것처럼 보이는 사물이나 현상을 마치 보물처럼 소중하게 대하면서 연구하는 모습이 참으로 귀엽다. 일반인이 옆에서 들으면 무슨 소리를 하는지조차 모르겠지만, 그런 이야기를 몇 시간이고 늘어놓을 수 있는 덕후들의 모습은 정말 사랑스럽지 않은가.

어쩌면 나도 그들 중 하나라서 그런지도 모르겠다.

가끔씩 내가 우리 기관의 소장품이나 미술 작품의 역사적 의미에 대해서 신이 나서 이야기할 때면 내 친구들은 1분도 되지 않아서 졸린 표정이 된다. 작품의 소장 경위까지 늘어놓을 때가 되면 친구들은 나에게 묻는다.

"그래서, 그거 얼마야?"

"고흐 작품만큼 비싼 거니?"

우리는 세상 모든 것의 가치가 돈으로 환산되는 자본주의 세상에 살고 있다. 사람들은 엄청나게 비싸거나 국가에서 인정한 귀한 유물에 대해서만 듣고 싶어 한다. 천문학적인 가격의 미술 작품과 국보 유물을 소장하고 있는 뮤지엄도 있지만, 대부분의 큐레이터들은 그것의 가격이 비싸거나 국보이기 때문에 덕질하지 않는다.

내 조카는 어느 날 굉장히 값비싼 장난감을 선물로 받

았다. 누르면 소리도 나고 알아서 움직이기도 하는 자동차다. 그래도 그 녀석은 꿋꿋하게 늘 갖고 놀던 미니어처 자동차를 들고 입으로 효과음을 넣어가면서 논다.

내가 다루는 유물은 한 번도 국보나 보물이었던 적이 없다. 내가 연구하는 소장품을 창작한 예술가 중 일부가 교과서에 실릴 정도로 유명하긴 했지만, 누구나 알 정도로 알려진 작품들은 아니다. 그래도 나는 내 조카 녀석처럼 꿋꿋이 덕질을 한다. 가격이 중요한 것도 아니고 타이틀이 중요하지도 않다. 모든 덕후들이 그렇듯이, 나는 그냥 덕질하는 것이 행복하다.

70년 전의 편지

대부분의 생활사 유물들이 그렇겠지만, 근현대 시대의 유물을 정리하다 보면 어쩌면 동시대를 살았을 수도 있을 사람들의 삶을 엿보게 되는 경우가 많다. 과거 누군가가 사용하다가 잃어버렸을 전쟁 당시 통행증이며, 누렇게 변해서 거의 알아보기 힘든 흑백 사진들, 그리고 누군가가 글귀를 메모해 놓은 물건까지. 각각의 물건은 사람들의 삶을 담고 있고 나는 반백 년이라는 시간이 지난 뒤 유물을 통해서 그 삶을 들여다본다.

　그중에서 다른 사람들의 삶을 가장 깊숙이 들여다볼 수 있는 것이 편지다. 요즘은 친구나 연인에게 편지는커녕

이메일조차 거의 쓰지 않지만 멀리 있는 사람과 연락을 주고받는 유일한 수단이 편지였던 시절이 있다. 물론 내가 그 시절을 겪어본 것은 아니다. 나 역시도 전화기와 삐삐의 시대를 거쳐 지금은 문자 메시지와 영상 통화의 시대를 살아가고 있지만, 과거에는 분명 한 글자 한 글자 꾹꾹 눌러쓴 편지로 마음을 전했던 시절이 존재했다.

유물을 정리하다가 연애편지를 발견한 적이 있다. 한국 전쟁에 파견된 한 미국인 병사가 사랑하는 아내에게 쓴, 무려 70년도 더 된 오래전의 연애편지다. USS.×××라고 상단에 군함이 그려져 있는 얇디얇은 편지지는 여백이 모자랄까 싶어서 푸른 글씨가 빽빽하게 채워져 있었다. 다른 사람의 비밀스러운 사생활을 훔쳐보기라도 하는 사람처럼, 조심스레 편지지를 펴가면서 내용을 읽기 시작했다.

열 통 남짓 되는 그 편지는 뉴튼이라는 병사가 미국 중부에 있는 군사 훈련소에서 출발해 하와이와 일본을 거쳐 한국에 도착하기 전까지 쓴 것이었다. 편지는 대개 귀여운 애정 표현부터 시작해서 그리움을 가득 담은 애절한 작별 인사로 끝나곤 했다. 빽빽하게 편지지를 가득 채운 그의 편지에는 집 수리를 누구에게 맡기면 잘할지 이야기하며 걱정하지 말라고 아내를 안심시키기도 하고, 봉급을 아껴서 뭘 샀는지 이야기하거나 송금하는 이야기 같은 소소한 일상이 담겨 있었다.

편지가 유일한 통신 수단이던 시절, 멀리 떨어진 연인에게 편지를 쓴다는 것은 어떤 기분이었을까. 편지 답장이 올 때까지 수일이 걸리는 그 시절 사람들은 어떻게 그 기나긴 시간을 기다렸을까. 카카오톡 메시지를 보내고 읽음 표시가 사라질 때까지 조바심을 내는 나로서는 도무지 상상이 가지 않는다.

뉴튼의 편지를 읽다 보니 70년이라는 시대의 간격이 느껴지기도 했다. 친구들과 벌레스크쇼Burlesque Show(성을 소재로 웃음을 유발하는 이야기와 성적 매력을 돋보이는 춤으로 구성된 쇼)를 보러 갔던 이야기를 아내에게 하는 것이 그 시대에는 일반적인 일이었을까. 아니면 이 편지의 주인공이 좀 이상한 사람이었던 걸까. 나는 뉴튼이라는 사람이 궁금해졌다. 직업을 가지려고 한다는 아내의 편지에 살짝 투정 부리는 답장을 보내는 것을 보면 확실히 옛날 남자이긴 하다. 피엑스PX에서 물건을 사서 집으로 보내며 아내에게 '내가 이렇게 아껴썼다고' 하고 생색을 내거나 돈 문제로 아내와 약간의 신경전을 벌이는 내용도 있었는데, 그렇게 넉넉한 살림을 살았던 것은 아닌가 보다 하는 짐

작도 해보았다.

그래도 뉴튼의 편지는 늘 '난 당신뿐이야'라는 식의 애정 어린 표현과 키스로 끝이 났다. 70년이라는 세대 차이, 그리고 문화의 간극에도 불구하고 확실히 남들의 로맨스란 유치하고 귀엽기만 하다.

나는 편지를 다 읽고 나서 뉴튼이라는 사람이 아직도 살아 있는지 문득 궁금해졌다. 한국에 도착할 때까지의 편지가 없는 것을 보면 전사하거나 크게 다쳤을까. 아니면 무사히 고향으로 돌아가서 아내와 알콩달콩 잘 살았을까. 만약 살아 있다면, 편지에 계속 나오는 집 수리는 잘 끝냈을까.

나는 한국전쟁 당시 미군 사망자 명단을 뒤지고 당시 그가 한국으로 타고 왔던 배도 찾아보았다. 뉴튼이 살았던 70년 전이었다면 직접 발로 뛰거나 편지, 전화로 여기저기 문의해야 했겠지만 요즘 세상에는 인터넷이라는 것이 있다. 나는 사무실에 앉아서 간단한 검색만으로 그가 당시 사망자 명단에 없다는 사실과 그가 타고 왔던 배는 이미 퇴역함이 되어 사라졌다는 사실을 알아냈다.

그렇다면 뉴튼이라는 사람은 아직 살아 있을까? 이 편지는 어떻게 미국에서 머나먼 한국의 박물관까지 흘러들

어오게 되었을까? 물건을 정리하다가 편지를 잃어버린
걸까? 집 수리에 잔소리를 하는 남편에게 짜증이 난 아내
가 편지를 어디에 버렸던 것은 아닐까? 나는 궁금해서 견
딜 수가 없었다.

한참을 찾다가 미국 어느 지역의 아카이브 센터에서 뉴
튼의 나머지 편지를 소장하고 있다는 사실을 알게 되었
다. 우리 박물관에서 소장하고 있는 편지는 그가 한국으
로 떠나는 과정에서 쓴 개인적인 소소한 일상을 담은 편
지였지만, 아카이브 센터에서 소장한 편지들은 그가 한국
전쟁에 참전했을 때부터 미국으로 돌아갈 때까지의 이야
기를 담고 있었다. 아카이브 센터에서는 한국전쟁 참전자
에게서 기증을 받은 편지라고 밝히고 있었는데, 그것 때
문에 내 궁금증은 더 커졌다. 왜 편지 전부를 기증하지 않
았을까?

누군가의 사생활을 침해하는 것일지도 모르겠지만, 나
는 뉴튼이나 그의 아내가 살아 있다면 이 편지가 머나먼
한국의 박물관에 있다는 것을 알려주고 싶었다. 그리고
그들과 대화를 나누고, 어떤 사람인지 알고 싶었다. 왜 일
부 편지만 아카이브 센터에 기증하지 않고 멀리 떨어진
한국으로 흘러 들어오게 되었는지도 물어보고 싶었다. 그

래서 이번에는 편지 봉투에 적힌 주소를 토대로 그를 찾기 시작했다.

며칠 동안의 지리한 조사를 거쳐, 나는 결국 미국 어느 작은 마을의 장례식 기사에서 그의 이름을 찾아냈다. 불과 2년 전의 기사였다. 그와 해로했던 아내는 몇 년 전에 사망했고, 그도 2년 전에 사망한 것이다. 나는 그의 아내 이름을 장례식 기사에서 발견하고 안심이 되었다. 그 편지에 애정과 키스를 가득 담아 썼던 바로 그 이름이었다. 두 분은 평생 저렇게 알콩달콩 사셨겠구나. 나는 어렵지 않게 두 사람이 어떻게 살았을지 상상할 수 있었다. 그의 아내는 결국 직업을 가졌고, 아마도 뉴튼은 그것 때문에 몇 해 동안은 뾰루퉁해 있었을 것 같기도 하다. 뭐, 그래도 편지에 늘 썼던 것처럼 애정 표현을 하면서 잘 사셨겠지, 라고 짐작해 본다.

나는 거기서 조사를 멈추었다. 장례식 기사를 통해서 장례식장 번호를 알아내 남은 가족들을 찾을 수도 있고 아카이브 센터에 문의해서 더 찾아볼 수도 있겠지만, 나는 여기서 그만해야 한다는 생각이 들었다. 편지의 일부가 왜 한국까지 흘러 들어왔는지에 대한 내 궁금증을 채우기 위해서 다른 사람의 삶을 멋대로 침범할 수는 없었다. 사람들은 다양한 이유로 다양한 결정을 하고, 그것은 그들의 삶이다.

유물은 시간과 공간을 초월해서 다른 사람의 삶을 들여다볼 수 있게 해준다. 더 이상 조사할 수는 없었지만, 나는 70년 전의 편지를 통해서 태평양 건너 어떤 사람들의 과거 삶을 알게 되었다는 사실에 숙연해졌다. 그 사람들이 반드시 역사 속의 위대한 인물이나 대단한 업적을 남긴 사람이 아니어도 좋다. 내가 짜증을 내기도 하고 기뻐하기도 하며 하루하루를 살아가듯, 그들도 70년 전의 하루하루를 살아갔던 보통 사람들이다. 그리고 나는 그들을 통해서 시간과 공간을 초월한 공통점을 느낀다.

유물에 내가 조사한 내용까지의 기록을 남기면서, 수십 년 뒤에 다른 큐레이터가 이 유물을 다시 조사할 기회가 있으리라고 생각해 본다. 그들 역시 내가 그랬듯 이 편지를 읽으면서 비슷한 감정을 느끼겠지.

작은 박물관의 짠내 나는 유물 정리

흔히 가난을 가장 잘 드러내 주는 지표가 치아라고 한다. 치아는 음식을 씹고 소화하기 위한 중요한 기관이지만, 입속에 있어서 웬만하면 잘 보이지 않는다. 그래서 가난한 사람들은 비용이 많이 들지만 겉으로는 잘 보이지 않는 치아 관리를 쉽게 포기하고, 이로 인해 결국 건강이 망가지고 만다. 린다 티라도라는 미국 작가는 너무 비싼 치과 치료비를 감당하지 못해 치아가 망가져서 제대로 씹지도 못하는 상태에서도 병원에 가지 못했던 경험담을 책에서 이야기한 적이 있는데, 나는 엉뚱하게도 빈곤과 불평등에 관한 그 이야기를 읽으면서 내가 일했던 박물관의 수장고들을 떠올렸다.

사람들의 몸에서 자본의 차이를 가장 크게 보여주는 부분이 치아라면, 박물관이 가진 예산의 규모를 가장 잘 보여주는 곳은 수장고가 아닐까 생각한다. 물론 전시 예산이나 인력, 공간의 크기도 차이가 있겠지만 예산이 부족한 박물관이 가장 투자하기 힘든 분야가 바로 수장고일 것이다. 수장고는 박물관의 유물을 보관하는 매우 중요한 장소이지만, 한편으로는 (개방형 수장고가 아닌 이상) 사람들에게 보이지 않기 때문에 돈을 투자하기 가장 힘든 곳이기도 하다.

국내 대형 박물관의 수장고에 가보면 티끌 한 점 없어 보이는 마룻바닥에 단단한 미송나무로 틀을 짠 격납장과 오동나무 상자 속에 한지로 겹겹이 쌓인 귀한 유물들이 가득 차 있다. 각각의 유물에 따라 분리된 그 공간은 365일 항온항습 장치가 돌아가고 있다. 최근에는 지진이나 수해 등에 대비할 수 있는 장치까지 갖춘 수장고를 설계하여 짓기도 한다던데, 이쯤 되면 유사시에는 수장고 저편에서 로봇 태권브이가 나와서 유물을 수호할 것도 같다.

물론 이것은 국립 기관이나 대형 기업 박물관 같은 곳에서나 가능한 이야기다. 슬프게도 수장 시설은 처음 건물을 설계하고 짓는 데서부터 엄청난 예산이 들어가지만, 대체로 보이지 않는 곳에 숨어 있는지라 예산이 적은 박물관에서 이런 수장고를 짓는 일은 언감생심이다. 작은 공립 박물관이라면 이 정도 규모의 수장고에 세금을 투자하기보다는 차라리 그 예산으로 겉보기에 화려한 멀티미디어가 설치된 전시 공간을 지을 것이고, 사립 박물관이라면 솔직히 전시 비용이나 인건비도 감당하기 힘들어서 국비로 지원받는 곳이 대부분이라 이 정도 수장고는 솔직히 꿈속에서나 가능한 일이다.

작은 박물관의 큐레이터들은 늘 이런 부분에서 좌절한다. 국립 기관에서 화려한 수장고를 보며 다 그렇겠거니 생각하다가, 예산이 적은 작은 박물관에 들어오면 어쩐지 우리가 귀한 유물을 방치하는 것은 아닌가 하는 죄책감까지 든다.

하지만 누군가가 그러지 않았던가. 창의력이라는 것은 결핍에서 생긴다고. 예산에 쪼들리는 작은 박물관의 큐레이터들은 유물을 관리해야겠다는 생각에 없던 창의성을 마구마구 발휘한다. "우리가 돈이 없지, 가오가 없냐"라는 예전 어떤 영화에 나온 대사처럼, 작은 박물관의 큐레이터들은 어깨를 으쓱하면서 이렇게 말한다.

"우리가 돈이 없지, 유물이 없냐."

지금처럼 과학기술이 발전하기 전부터 인류는 다양한 보존 방법을 마련해 왔다. 박물관이라는 개념이 생기기도 전에 이집트인들은 몰약으로 유기물을 방부해 왔고, 고대 로마인들은 항온항습기 없이도 지하에 와인을 보관했으며, 동양에서는 오래전부터 습기가 조절되는 창고에 문서들을 보관하지 않았던가. 팔만대장경을 수백 년 동안 보관해 온 사람들을 조상으로 둔 우리니까 이 정도는 할 수 있어, 하는 마음으로 적은 예산으로 할 수 있는 보존 방법을 끊임없이 찾아본다.

박물관 중에는 항온항습 장치가 없거나 터무니없이 부족한 수장 시설이 있는 곳이 있다. 항온항습기라는 것은 말 그대로 온도와 습도를 자동으로 조절해 주는 기계인데, 이런 장치가 없으면 수동으로 하는 수밖에 없다. 그러니 온습도계를 곳곳에 비치해 놓고 제습기를 돌리거나 냉난방을 하는 것이다. 물론 아침저녁 그리고 때때로 점심 시간에도 온습도계를 체크하면서.

이따금씩 환경에 조금 더 예민한 유물들이 있는데, 바로 서지류나 목제 유물들이다. 따로 온습도를 조절할 수 있는 공간을 마련하는 것이 교과서적이지만, 항온항습 장치도 없는 박물관에서 두세 개의 수장고를 짓는다는 것이 말이 되는가. 그러면 이번에는 상자에 담아서 분리하는 꼼수를 쓴다. 그나마 상자는 오동나무 같은 고급 목재를 사용하는데, 보존용 중성 종이에 싸서 보관하면 양반이고 그게 아니라면 한지로 싸서 보관한다.

한국의 여름은 덥고 습하다. 장마철이라도 되면 거의 공기가 아니라 물속에 있는 것처럼 느껴질 정도로 습도가 높은 날도 종종 찾아온다. 그러면 매일 제습기를 열심히 돌리면서 한편으로는 유물 옆에 일회용 흡습제를 놓아준다. 예산이 쥐꼬리만 한 작은 박물관에서는 일회용 흡습제도 자주 교체하기 힘들어서, 큐레이터들의 모임에 가보면 흡습제를 재활용하는 방법이나 실리카겔로 흡습제 대신하기, 전자레인지에 돌려 건조시켜서 재사용하기 등 각종 눈물겨운 꿀팁을 교환하는 모습을 볼 수 있다.

예전에 나는 문학 전문 박물관에서 근대 서지류 유물들을 다뤄야 했던 적이 있다. 사실 근대에 만들어진 종이들은 산화 때문에 아무리 잘 보관했다고 하더라도 수십 년이 지나면 손만 대도 바스라질 정도로 망가지곤 한다. 요즘 나오는 책이나 노트는 대부분 중성지를 사용하지만,

1990년대 이전까지만 해도 대체로 산성지를 사용했기 때문에 10년만 지나도 책은 누렇게 변하고 만다. 그래서 요즘에는 서지류 유물들을 보존하기 위해서 이런 산성종이들을 중성화 처리하는 공정이 생기기도 했는데, 이런 보존 방법을 알면 뭐 하는가. 큐레이터가 아무리 건의해도 예산을 주는 관장은 여기에 관심도 없으니 말이다.

내가 일하던 문학 박물관이 다른 곳으로 이전을 하게 되었던 적이 있다. 이전을 하면서 전시 공간에 비용을 들이는 만큼 유물 보존에도 좀 더 신경을 썼다면 좋았겠지만, 사실 한정된 예산으로 선택을 해야 한다면 대부분의 사람들은 보이는 것에 더 집중을 한다. 나는 근대 서지류 유물들이 옮겨지는 과정에서 어떻게 될까 솔직히 겁이 났다. 물론 유물 전문 운송 업체가 있긴 했지만 일차적으로 유물을 포장하는 것은 내 몫이었다. 지금이야 온도가 조절되는 전시대 유리 케이스 안에 흡습제와 함께 들어 있지만, 그것을 꺼내 옮기는 과정에서 어떤 풍화를 맞게 될지는 모를 일이다. 게다가 전부 한 박스에 넣었다가 크기도, 보존 상태도 다 다른 귀한 근대 서지류들이 서로 부딪혀서 파손될지도 모르지 않은가.

내가 선택한 방법은 백 권이 넘는 근대 문학서들을 각

각 포장할 중성지 케이스를 만드는 것이었다.

그날부터 내 책상 위는 초등학교 공작 시간으로 탈바꿈했다. 나는 장갑을 끼고서 오래돼 바스러질 것만 같은 근대 시인들의 시집 규격을 재고 마분지 두께의 중성지를 사서 규격에 맞게 재단해서 케이스를 만들었다. 물론 테이프의 접착제가 닿지 않도록 조심조심해서 말이다.

예전에 문학 교과서에서 봤던 《이상 선집》 초판본은 살짝 움직이기만 해도 파스락 소리를 내면서 종이 부스러기가 떨어졌는데 그럴 때마다 등줄기에 식은땀이 흘렀다. 내 손에 들려 있는 이 유물은 어쩌면 국내에서 유일한, 혹은 몇 점 남아 있지 않은 책일지도 모른다. 이런 귀한 유물을 망가뜨린다면 평생 죄책감에 시달려야 할 수도 있다. 나는 장갑을 낀 채 거의 숨도 쉬지 않고 포장을 했다.

한 달가량 그렇게 케이스를 만들고 나서야 백여 권의 중요한 서지류 유물들을 다 포장할 수 있었다. 자를 대고, 종이를 재단하고, 테이프를 바르면서 눈은 침침해지고 손목은 터널 증후군이 생길 것만 같았지만 깔끔하게 케이스에 들어간 서지류 유물들을 보니 그나마 뭔가를 했다는 뿌듯함이 들었다. 중성지로 케이스를 만드는 것이 유물을 위해서 최선은 아니지만, 내가 할 수 있는 최선은 거기까지었다.

'안녕, 잘 살아남아야 해.'

유물을 떠나보내는 날, 나는 마음속으로 내가 포장한 서지류 유물들에게 인사를 건넸다. 제발 새로 이전한 문학 박물관에는 예산이 충분해서 산화 방지 처리를 할 수 있기를 기도하면서.

누군가가 그랬다. 가난은 부끄러운 것이 아니라 불편한 것일 뿐이라고. 예산이 부족한 가난한 기관에서 일하는 나로서는 부끄러운 것이야 뭐 모르겠고, 불편함 때문에 서글퍼질 때가 많다. 특히 귀한 유물들과 작품들이 예산 부족 때문에 어쩔 수 없이 최신 장비로 가득한 수장고나 보존 처리라는 대접을 받지 못하는 것을 볼 때면, 가난 때문에 자식에게 제일 좋은 것을 해주지 못하는 부모의 기분을 이해할 수 있을 것만 같다.

가끔씩 지나치게 센티멘털해지기는 하지만, 오늘도 나는 약국에서 산 면봉으로 조심스레 액자를 닦고 문방구에서 한지를 사다가 조심스레 구겨서 충전재로 사용한다. 어떻게 하면 적은 비용으로 더 잘 관리할 수 있을지 고민하면서 말이다. 기관의 유일한 큐레이터라서 회사 안의

그 누구도 내 고민에 공감해 주지 않고 따라서 예산도 거의 받지 못하지만,

나는 오늘 하루도 이렇게 중얼거리면서 하루하루 고민하며 소장품을 보살핀다.

"우리가 돈이 없지 유물이 없냐."

'그랜드 펜윅'의 큐레이터

아일랜드의 한 풍자 소설가가 1950년대에 쓴 어느 소설에는 '그랜드 펜윅'이라는 가상의 초미니 국가가 나온다. 이 작은 국가는 생존을 위해서 미국이라는 강대국에게 선전포고를 하고 전쟁을 하게 되는데, 그런 국가가 있는 줄도 몰랐고 그들이 범선을 타고 대서양을 건너서 침공을 한다는 것조차 몰랐던 미국은 어처구니없게도 활과 중세 갑옷으로 무장한 50명 남짓의 그랜드 펜윅 군대에 (결론적으로는) 패하고 만다. 황당하고 웃기는 이 소설을 읽을 때마다 나는 키득키득 웃으면서 왠지 '그랜드 펜윅'에 공감하고 만다.

내가 일하는 곳은 지역의 작은 전시 공간이다. 그랜드 펜윅처럼 지역 밖으로 나가면 아무도 그런 전시 공간이 있다는 것을 알지 못한다. 가끔 서울에 있는 기관의 큐레이터들을 만날 때면 그들은 다들 "아, ○○에도 전시 공간이 있었네요"라거나 "거기서도 자체 기획 전시를 여는군요!"라며 놀라움을 표현하곤 한다. 여기서 더 나아가서 전시 예산이 얼마나 되는지 궁금해하거나(물론 여기서도 '전시 예산'이 존재한다는 사실에 놀라움을 표현하는 것도 잊지 않는다) 내가 있는 지역의 관람 인구에 대해서 물어보는 사람들도 있긴 하지만, 대체적으로 나오는 반응은 그 시골에 전시 공간이 있으며, 실제로 기획 전시를 연다는 사실에 대한 놀라움이다.

가끔은 이런 사람들에게 우리가 LED 대신 촛불을 조명으로 사용하며 사람들은 소달구지를 타고 전시를 보러 온다고 시니컬하게 대꾸하고 싶지만, 유감스럽게도 사실도 아니고 사람들을 놀린다고 이렇게 뺑을 치면 정말로 믿어버릴까 봐 겁이 나서 그렇게 하지 못한다.

시골에 있기는 하지만 내가 일하는 전시 공간 역시 대도시에 있는 전시 공간과 같은 평범한 화이트 큐브일 뿐이다. 대형 박물관이나 미술관만큼 대단한 장비를 갖추지는 못했지만, 서울의 힙한 동네에 있는 갤러리나 대안 공간보다는 훨씬 규모가 큰 편이다. 그래서 내가 전시장의 사진을 보여주면서 우리 지역에도 작가들이 있어서 지역 작가의 전시를 많이 개최한다고까지 설명하면, 사람들은 문명과 단절한 채 사는 아미시 교파의 마을에 TV가 있다는 말이라도 들은 것처럼 흔들리는 눈동자로 '어머나, 잘 됐군요'라는 식으로 고개를 끄덕이곤 한다.

우리나라는 문화는 물론이고 경제나 사회적으로도 서울에 모든 것이 몰려 있는 구조라고 한다. 그래서 문화 분야에서 지방을 화두로 이야기를 할 때마다 늘 빠지지 않고 나오는 용어가 바로 '지역 문화 예술 활성화'이다. 어찌나 자주 나오는지 '지역 문화 예술 활성화'라는 말이 가끔씩은 '나무아미타불'이나 '아멘'처럼 종교인들이 쓰는 기도문처럼 느껴지기도 한다. 심지어 나조차 보고서를 쓰다가 할 말이 없으면 종종 인용하는 좋은 말이고 이런 말이 나온 덕분에 국가 보조금 같은 것들이 나와서 전시 예산에 큰 보탬이 되기도 하지만, 가끔은 그 말이 사람들이 내뱉는 "아, 지역에도 전시 공간이 있긴 하네요"라는 말처럼 느껴질 때가 많다. 지역 문화 예술 활성화라는 말의 근저에 '별 볼 것 없는 지역의 문화 예술을 끌어올려야 한다'는 뜻이 포함되어 있는 것처럼 느껴지기 때문일지도 모르겠다.

　물론 예산이나 규모는 물론이고, 부끄럽지만 전시의 질에서도 지역은 서울에 훨씬 못 미치는 경우가 많다. 물론 지방의 몇몇 기관에서는 정말로 어디서도 볼 수 없는 뛰어난 전시를 보여주기도 하지만, 대체적으로 예산이 부족하다 보니 사람들이 생각하는 소위 '블록버스터 전시'를 자체적으로 유치하기란 어렵다. 유물도 마찬가지다. 서울 소재 박물관이 수십 개의 국보와 보물을 전시한다면, 지방 박물관에서는 고작해야 한두 개의 국보나 보물을 보유할 뿐이고 이마저도 지방에만 둘 수 없다며 더 나은 시설과 관람객이 있는 서울에 전시해야 한다는 말이 나온다. 미술관도 마찬가지로 지방에는 일단 활동하는 작가의 수가 너무 적고 대부분이 회화 분야에만 국한되어 있는데, 사실 이렇게 된 이유 자체가 서울에 대부분의 자원이며 전시 공간이며 지원이 몰려 있기 때문이다. 그러다 보니 솔직히 말해서 다양한 전시를 하기가 힘들다.

　문제는 우리가 '지역 문화 예술 활성화'를 이야기하면서도 사실은 늘 시선이 서울로 가 있다는 점이다. 나조차도 무의식적으로 이런 생각을 하고 있는지도 모른다. 서울에 있는 전시 공간만큼 좋은 전시를 해야 한다고 생각하며 늘 서울로 전시를 보러 가곤 하니까 말이다. '지역 문화 예술 활성화'를 주문처럼 말하고 다니는 나조차도 그렇다 보니, 사실 이 지역에 사시는 분들의 시선도 서울로 향하곤 한다.

전시 관람 수요를 파악하기 위해서 설문조사를 하다 보면 '서울에서 유행하는 전시를 보고 싶다'는 답변을 공통적으로 볼 수 있다. 사람들은 데이비드 호크니의 그림을 보고, 반 고흐 전시에 가서 인증샷을 찍고 싶어 한다. 인스타그램에 '전시'라고 해시태그를 걸고 올라오는 사진들은 전부 서울에서 열리는 소위 '핫'한 전시들이고, 내가 살고 있는 지역의 사람들은 자신도 이런 전시에서 셀카를 찍고 싶어 한다. 관객이 직접 만지고 체험할 수 있는 인터랙티브 아트를 보고, 화려한 미디어 아트 작품을 인스타그램에 올린 뒤 "#오랜만에문화생활"이라는 해시태그를 달고 싶어한다.

염불처럼 "지역 문화 예술 활성화"를 외고 다니는 나도, 사실은 이런 전시를 지역에서 많이 여는 것만이 능사가 아님은 알고 있다. 솔직히 말해서 서울에서 열렸던 전시들을 가져오는 일은 예산만 있으면 몇 번의 서류 작업만으로 쉽게 할 수 있다. 물론 그럴 예산이 충분하지 않다는 것이 늘 문제이기는 하지만, 가장 쉽고 관람객이 많이 왔다고 칭찬도 들을 수 있는 길은 바로 서울에서 좋은 전시들을 가져오고 특이한 작업을 하는 서울의 작가들을 모셔오는 것이다. 하지만 지역의 공공 전시 공간에서 일을 하는 나로서는 쉬운 일만 해서는 안 된다. 나는 지역 작가들을 생각해야 한다.

지역에 사는 작가들에게 작품 발표 기회라는 것은 그리 자주 오지 않는다. 물론 대도시에서는 활동하는 작가들이 너무 많다 보니 발표 기회를 얻는 과정이 치열하기도 하지만, 그만큼 크고 작은 전시 공간도 다양하고 많아서 열심히 활동하는 작가들이 전시를 열기가 지방보다 쉬운 편이다. 하지만 지방에는 아예 전시 공간 자체가 없는 편이다. 예를 들어서 내가 사는 지역에는 실제로 거래가 진행되는 상업 갤러리는 한두 군데밖에 없는데, 사실 여기서도 지역 작가보다는 다른 지역의 작가 작품을 자주 전시하는 편이다. 사정이 이렇다 보니 내가 일하는 전시 공간이 전문 전시 공간으로서는 거의 유일한 선택지인 경우가 많다.

나는 우리 지역에도 좋은 작가들이 많다는 것을 알고

있지만, 정작 관람객들은 안타깝게도 지역 작가를 높게 평가하지 않는다. 한 다리만 건너면 서로가 서로를 잘 알고 있는 좁은 시골이다 보니 우리 아파트 아래층 아저씨, 아줌마가 작가라서 그림 전시를 한다고 하면 딱히 존경의 마음이 생기지 않는 것도 이해가 간다. 그렇지만 보다 근본적인 문제는 사람들이 우리 지역 김 아무개 작가의 작품보다는 중앙 미디어에서 다루고 있는 데이비드 호크니를 보고 싶어 한다는 사실이다. 우리 지역에도 좋은 작가가 많고, 자신만의 독특한 스타일을 만들며 작품 활동을 해오고 있는 분들이 있음을 알고 있는 나로서는 참으로 안타까운 일이다.

우리가 흔히 말하는 '지역 문화 예술 활성화'를 위해서는 사실 지역 작가의 작품도 귀하게 다뤄지고 많은 곳에서 전시되어야 한다. 그래서 나는 늘 없는 예산을 쪼개서 새로운 전시 방법을 쓰고, 재미있는 스토리를 짜고, 미디어를 활용하면서 사람들의 흥미를 끌려고 하지만 유감스럽게도 내 시도는 늘 좌절되고 만다. 지역 작가의 작품을 데이비드 호크니처럼 전시하고 싶지만, 슬프게도 사람들은 TV나 잡지에서 자주 다루는 진짜 데이비드 호크니를 보고 싶어 한다. 이것이 지역의 전시 공간에서 일하는 큐레이터가 늘 겪는 딜레마일지도 모르겠다. 지역 예술계를 돕기 위해서는 우리 지역 작가의 작품을 전시해야 하지만, 지역 사람들의 소위 '문화 갈증'을 충족시키기 위해서는 큰 예산을 들여서 수도권의 대형 전시를 유치해야 한다.

나는 진짜 지역 문화 예술 활성화를 위해서는 지역 작가들이 서울에서 전시할 수 있도록 지원해야 한다고 생각한다. 수도권에 모든 것이 집중된 우리나라의 사정은 내가 바꿀 수 없는 것이니, 지역 작가들이 다른 지역에서 전시를 하고 작품을 알리도록 돕는 것이 지역의 유일한 공공 전시 공간이 할 수 있는 소위 '지역 예술계' 지원일지도 모르겠다. 물론 서울의 전시 공간을 빌려서 지역 작가의 작품을 전시하는 일은 내 권한 밖일지도 모르지만, 계속 이야기를 하다 보면 언젠가는 누군가가 내 이야기에 공감해 줄지도 모른다.

가끔씩 나는 소설 속 초미니 국가인 '그랜드 펜윅'처럼, 변두리의 작은 전시 공간에서도 얼마 안 되는 예산으로 굉장한 전시를 개최해 낼 수 있을까 상상해 본다. 우리나라의 중심인 서울에 가서 지역 작가들의 작품을 전시하고, 그 전시에 많은 사람들이 방문해 즐거워하며 개인 SNS에 해시태그를 달아서 올리는 일이 가능할까 상상도 해본다. 그랜드 펜윅 이야기는 작가의 유머 섞인 풍자 소설일 뿐이지만, 사람들은 가상의 이 나라가 초강대국들을 쩔쩔매게 만드는 내용을 읽으면서 어쩐지 이 작은 나라를 응원하게 된다.

나는 예산도, 정기적으로 관람을 하러 오는 사람들도 서울보다 무척이나 적은 시골의 전시 공간에서 일하고 있다. 사람들은 이런 시골에 전시 공간이 있다고도 생각하지 못하고, 이곳에서 활동하는 작가들이 있으며 실제로 전시도 꾸준히 열린다는 사실을 알지 못한다. 나는 가끔씩 내가 그랜드 펜윅의 큐레이터 같다는 생각을 한다. 그리고 마음속으로 비밀스럽게 소설과 같은 일이 가능하기를 꿈꿔본다.

작업복 입은 아저씨의
예술 작품 감상법

예전에 외국에서 갑작스레 오페라 티켓이 생겨서 당일 지인에게 연락해 함께 관람한 적이 있다. 그런데 그 친구는 하필 그날 근처 산에 다녀오던 길이었고, 시간을 맞추느라 어쩔 수 없이 등산화를 신고 오페라 극장에 도착했다. 다행히 화려한 등산복을 입고 다니는 친구는 아니어서 옷차림은 깔끔했지만, 말쑥하게 차려입은 사람들 틈의 등산화는 흰 비둘기 사이의 까마귀처럼 눈에 띄었다. 물론 한국이었다면 이런 상황은 조금 눈에 띄는 어색한 옷차림인 것으로 끝났겠지만, 유감스럽게도 치렁치렁한 이브닝 드레스와 턱시도를 입은 관람객까지 있던 그 오페라 극장 직원들은 내 친구의 신발을 보자마자 입장을 제지했다. 다행히도 말을 못 알아듣는 어리숙한 외국인 행세를 하며 우여곡절 끝에 입장할 수 있었지만, 그 직원은 다음에는 이런 신발을 신으면 들어오지 못한다는 경고의 말을 잊지 않았다.

사실 오페라 극장을 비롯해 전통적인 형태의 예술 관람을 하는 장소에는 드레스 코드가 있다. 나와 내 친구가 경험했던 외국의 오페라 극장에서는 아예 입장을 제지했지만, 한국에서도 대놓고 제지하지는 않더라도 암묵적으로 지켜지는 드레스 코드가 있어서 오페라를 보러 가면서 트레이닝복에 운동화를 신고 가는 사람은 보기 힘들다.

박물관이나 미술관도 마찬가지로, 일반적인 삶의 현장과는 동떨어진 특별한 장소로 여겨지던 역사가 있어서 어느 정도 복장을 갖추고 가는 경우가 많다. 빅토리아 시대 수정궁에 관람을 가던 평민들은 말끔하게 차려입고 신기한 문물들을 보러 갔고, 한국에서도 일제가 궁궐을 동물원과 박물관으로 만들었을 때에도 일반 백성들은 특별한 날 나들이옷을 다려 입고 관람을 갔다. 우리나라에서는 전시 공간에서 운동화에 트레이닝복을 입었다고 눈총을 받는 경우는 없지만, 나는 전시 설치를 할 때에는 낡은 운동복으로 잘만 돌아다니면서 전시가 열리고 있으면 어쩐지 그 차림으로 전시실에 들어가기가 민망하다.

도시에서도 박물관이나 미술관 관람은 일상생활이 아닌 특별한 활동이지만, 내가 살고 있는 시골에서 전시를 관람한다는 것은 공식적인 의례에 가는 것만큼 특별한 일이다. 특히 전시를 관람하는 문화가 별로 익숙지 않은 나이 많은 어르신들에게는 더욱 그러하다. 시골의 어르신들은 전시를 관람하러 오시는 일이 별로 없긴 하지만, 작가가 지인이라는 등의 이유로 전시를 관람할 일이 생기면 장날 나들이를 갈 때나 드는 예쁜 핸드백을 들거나 평소에 입지 않던 양복을 꺼내 입고 오신다.

옷차림뿐만이 아니다. 예술 작품이 걸려 있는 흰 벽과 반질반질한 마룻바닥으로 되어 있는 전시 공간에 들어가면 사람들은 공간 자체에 압도되어 쭈뼛거리는 경우가 많다. 특히 전시 관람을 한 번도 해보지 않았던 사람들은 더욱 그러하다. 그런 사람들은 그냥 들어갈 수 있는 전시실 입구에서 한참을 서성이다가 직원과 눈이 마주치면 당황한 마음을 들키지 않으려고 굳은 표정을 지으면서 "들어가도 됩니까?"라고 묻는다. 당연히 들어가도 된다는 대답을 들으면, 민망함을 감추려고 헛기침을 한번 하면서 쭈뼛쭈뼛 전시실로 들어온다. 이렇게 관람을 오신 분들은 안타깝게도 어디서부터 어떻게 봐야 할지 몰라서 당황하다가 직원과 눈이라도 마주치면 더 민망해하며 보는 둥 마는 둥 전시실을 나가버리고 만다.

어느 날, 나는 전시실 앞을 지나가다가 문 앞을 서성이는 한 중년 남성을 보았다. 그는 검게 탄 얼굴에 소매가 다소 해진 낡은 작업복, 빛바랜 안전화를 신고 있었다. 작업복 바지에는 오랜 기간에 걸쳐서 묻은 페인트며 기름 자국이 나 있었고, 안전화와 바지 사이에 바짓단을 고정하기 위해서 신는 오렌지색 고무줄도 색이 바랜 채 늘어나 있었다. 그는 머리에 쓰고 있던 모자를 움켜쥐면서 전시실 유리문을 통해 안을 들여다보다가 지나가던 나와 눈이 딱 마주쳤다.

내가 사는 곳은 시골이면서도 대기업 공장이 하나 있어서 인구의 거의 절반이 그곳에서 일을 하고 있다. 말하자면 대기업 공장이 먹여 살리는 지역이라고 볼 수 있는데, 그렇다 보니 길에서 공장 작업복을 입은 사람들을 보는 일이 거의 일상이다. 출퇴근 시간이 되면 같은 작업복 점퍼를 입은 사람 수백 명이 자전거나 오토바이를 타고 도로를 달리는 장관이 연출되기도 한다. 그리고 이런 지역에서는 독특한 풍습이 하나 있는데, 이 작업복 점퍼가 단순히 한 공장에서 일하는 사람들의 작업을 위한 옷이 아니라 도시를 상징하는 유니폼이며 공식적인 장소에서도 입는 옷이라는 것이다. 그 공장에서 일하지 않는 사람들도 어디서 구했는지 그 작업복 점퍼를 입고 일을 하며, 공장이 아니라 사무실에서 일하는 사람들도 작업복 점퍼를 입는다. 도시에 사는 사람들은 놀라겠지만 이곳에서는 장례식이나 회갑 잔치에서도 작업복 점퍼를 입고 나타나는 사람을 흔히 볼 수 있다.

　전시실 앞에 서 계시던 그분 역시 지역에서 흔히 보는 작업복 차림이었다. 시골 어르신들은 전시 공간을 방문하는 일이 별로 없긴 하지만, 오신다면 대부분 지인과 함께이거나 작가가 지인이어서 방문하는 경우가 많아서 전시실에 들어오기를 망설이지는 않는다. 하지만 절반은 농촌이며 절반은 공업 지역인 이곳에서, 공업에 종사하는 분들은 미술 전시를 더 경원시하는 경우가 많다. 마초 문화 같은 것이 있어서 전시를 보러 오시더라도 "와, 저게 작품이라고! 내가 그려도 더 잘 그리겠다!"라는 식으로 괜히 큰 소리로 떠들다가 흠흠 헛기침을 하면서 나가는 분들도 많다. 나와 눈이 마주칠 때면 "아가씨, 이거는 한 개에 얼마쯤 합니까?"라고 묻고는, 내가 이곳은 공공 전시 공간이라 작품 거래를 하지는 않지만 얼마쯤 할 것이다, 라고 대답하면 "뭐가 그리 비싸?" 하면서 역정을 내면서 나가버리는 분들도 많다. 그래서 나는 작업복을 입고 오시는 분들을 만날 때면 어쩐지 시선을 피하게 되었다.

하지만 이날은 조금 달랐다. 왜 그랬는지는 모르겠지만 나는 전시실 앞에 서 계신 그분과 눈이 마주쳤고, 나를 보면서 민망한 듯 웃으시는 그분에게 다가가서 말을 걸기로 결심했다.

"안녕하세요. 전시 관람하러 오셨어요?"

"뭐요?"

내 물음에 그분은 손을 귀에 갖다 대며 반문했다. 나는 다시 물었다.

"전시 보러 오셨어요?"

"이게 전십니까?"

그분은 '전시'라는 단어가 익숙지 않은 듯 작은 목소리로 물었다. 나는 그렇다고 대답했다.

"지나가다가 뭐가 있는 것 같아서 들렀는데……."

그는 작업복에 손을 슥슥 문지르며 말했다. 아직도 전

시실에 들어갈지 말지 결정을 못 한 것 같았다.

"그림 같은 거…… 그냥 보면 됩니까?"

"네, 그냥 들어가시면 됩니다. 무료 관람이에요."

나는 친절하지만 다소 기계적인 목소리로 대답했다. 어차피 이분도 "볼 것도 없네"라고 말하면서 10초 정도 있다가 나가버릴 것이라고 생각하면서.

내 대답에 그분은 다시 작업복에 손을 슥슥 문지르면서 자신의 옷을 한번 내려다보고는 긴장된 표정으로 나에게 물었다.

"이렇게 입고 들어가도 됩니까?"

나는 그가 왜 한참을 서성이고 있었는지 그제야 알 수 있었다. 들어가기 싫었던 것이 아니라, 이 공간에 들어가도 되는지 확신할 수 없었던 것이다. 그러고 보니 그의 주머니에는 내가 바깥에 열심히 뿌리고 다닌 전시 리플릿이 삐죽 튀어나와 있었다.

"제가 안내해 드릴게요."

나는 전시실 출입문을 열면서 그분에게 말했다.

그 전시는 다른 미술관과의 교류전이었다. 한국의 대표적인 작가들의 회화 작품들을 전시하고 있었는데, 그중에는 내가 정말로 사랑하는 박생광의 작품도 끼어 있었다.

일본에서 회화를 공부했고 해방 이후에는 일본화풍이라
고 경시받기도 했던 박생광은 1970년대부터 민화나 탱화
를 보는 듯한 화려한 색채를 통해서 한국적인 소재로 경
이로운 작품들을 창작했다. 나는 그의 후기 작품들을 볼
때마다 말년에 완전히 다른 스타일로 바꾸는 파격을 보여
주는 예술가의 천재성에 감탄하곤 한다. 이번 전시를 하
는 중에도 나는 박생광의 작품을 보러 하루에도 몇 번이
나 전시실로 가곤 했는데, 그의 강렬한 작품은 언제나 큰
전율을 주곤 했다.

물론 사람들은 박생광에 대한 나의 애정을 이해하지 못
했다. 나는 전시 해설이 있을 때마다 박생광이 얼마나 뛰
어난 작가이며 현대 미술사에서 얼마나 중요한 인물인지
이야기했지만, 사람들은 일반적으로 잘 알려지지 않은 박
생광보다 다른 유명한 작가의 작품들에 더 관심을 가졌
다. 전시실에 자주 오는 사람들도 이러할진대, 오늘 안내
하는 이분은 박생광에 대한 내 열정을 이해할 것 같진 않
았다. 아마도 그동안 생겨버린 선입견 같은 것인지도 모
른다. 나는 작업복을 입은 아저씨에게 전시 해설을 하면
서 박생광의 작품을 지나치려고 했다.

그때였다. 그가 갑자기 박생광의 작품 앞에 발걸음을

멈췄다. 단청처럼 화려한 색깔로 표현된 민화의 동물을 그린 작품이었다. 부적에 쓰이는 경면주사보다 더 붉고 선명한 테두리로 그려진 이 그림 앞에서 작업복을 입은 아저씨는 잠시 서서 멍하니 그 작품을 바라보았다. 그동안 나에게 미술관은 처음이며 이런 미술 작품을 한 번도 본 적이 없어서 어떻게 감상해야 하는지, 어떻게 느껴야 하는지 모르겠다고 계속 이야기하던 그였다. 그는 박생광의 작품 앞에서 말문을 닫은 채 눈으로 빨아들이듯 그 작품을 바라보았다.

"어떻게…… 이렇게 그리는 걸까요."

그는 작은 목소리로 나에게 말했다.

"화가들은 참 대단하네요."

더 이상 아무 말도 하지 않았지만, 나는 그림을 보는 그분의 표정에서 그 역시 내가 박생광의 작품에서 느꼈던 것을 똑같이 느끼고 있음을 알 수 있었다. 박생광의 작품이 주는 강렬한 이미지와 사람을 압도하는 색, 그리고 그림에서 뿜어져 나오는 거대한 '아우라'까지.

나는 처음에 복장으로 그를 판단했던 것을 부끄럽게 생각했다. 그는 그 전시를 하는 동안 유일하게 나와 그 작품을 보면서 공감한 사람이었다. 사람들은 흔히 예술 작품을 감상하기 위해서는 지식이 필요하다고 말한다. 물론 맞는 말이다. 어떤 예술 작품들은 맥락 없이는 그 의미를 이해하기 힘들고, 지식이 있으면 작품을 더욱 깊이 이해할 수 있다. 미술관에 자주 가는 사람들이 예술 작품을 더 잘 감상할 수도 있을 것이다. 하지만 예술이란 것은 내가 어떤 지식을 가지든, 어떤 배경을 가지든 감동을 줄 수 있는 것이 아닐까.

어제도, 오늘도,
그리고 내일도 나는 '뮤덕'

사람들은 '뮤지엄'이라고 하면 구식이고 과거에만 머물러 있을 것이라고 생각한다. 세상이 변화해도 뮤지엄이라는 곳은 늘 같은 자리에서 유물을 전시하고 있을 것만 같다. 하지만 내가 보기에는 뮤지엄보다 더 세상 돌아가는 데에 민감하게 반응하는 곳도 없다. 어쩌면 최근에 더 그렇게 되었는지도 모르겠다.

호랑이가 담배를 먹던 시절까지는 아니지만 한국에서 호랑이라는 동물이 멸종하기 전인 불과 백 년 전까지만 해도, 미국이나 유럽에서는 인디언이나 아프리카 원주민을 마치 전시품처럼 전시했다. 장애인에 대한 인식도 물론 지금과 같지 않아서 장애를 가진 사람들을 전시하는 곳도 있었다고 하지만, 사회적 약자나 소위 제3세계를 이야기하는 방식에서도 뮤지엄은 완전히 달라졌다. 요즘 한창 이슈가 되고 있는 탄소 중립과 뮤지엄이 무슨 관계가 있냐고 묻는 사람도 있겠지만, 사실 탄소 발자국을 줄이고 전시에서 나오는 환경 오염 물질 저감을 위해 뮤지엄이 해야 할 일들이 업계 화두가 된 지도 벌써 몇 년째다.

전시 방법도 엄청나게 변화해 왔다. 유리 커버로 막힌 책장에 켜켜이 유물을 쌓아놓던 전시 진열장은 지금은 많이 쓰이지 않는다. 유럽의 역사 깊은 박물관이나 한국에서도 오래된 전시 공간에 가보면 그 흔적이 남아 있지만, 최근 제작된 전시대나 전시 케이스는 좀 더 한 유물이나 작품을 중심으로 제작된다. 전시의 형태도 단순히 많은 유물을 보여주기보다는 유물을 통해서 지식을 전달하거나 이야기의 흐름을 보여주는 데 집중한다. 심지어 미술의 형태도 끊임없이 진화해서, 예전에는 '해프닝'이라고 치부됐던 것들이 무대나 일시적인 행사가 아니라 당당하게 미술관의 공간을 차지하기도 하고 영상이 작품을 대신하기도 한다. 유물이 없거나 작품이 없는 전시도 있으며, 아예 전시 공간 자체가 없는 전시도 있다.

그러고 보면 10년 정도 일을 하면서 내가 기억하는 것만으로도 여러 번 업계의 화두가 바뀌었다. 한때는 어린이 교육이 테마가 되어 어린이 전시실이나 어린이를 위한 프로그램, 어린이 뮤지엄 등이 유행처럼 생겨나기도 했고, 평생 교육이 화두가 되었던 시기에는 사람들을 위한 가벼운 교양 강좌가 유행처럼 번지기도 했다. 뮤지엄을 놀이 공간 또는 사회적 사랑방으로 만들어야 한다는 이야기가 많이 들리던 때에는 마케팅 전문가들이 뮤지엄 홍보를 하면서 다양한 굿즈를 만들고, 콘서트를 하고, 심지어 요가 클래스를 열기도 했다. 예전에는 금기시되었던 것들이 뮤지엄에 들어오고, 다른 문화기관과의 경계도 점점 흐릿해지고 있다.

최근에는 국제적으로도 뮤지엄의 정의를 바꾸는 이야기가 계속 나오고 있는데, 예전에는 소장품을 보여주는 것을 중심으로 뮤지엄이 정의되었다면 지금은 버추얼 뮤지엄까지도 아우를 만큼 다양한 형태를 받아들이고 사회적 책임이 있는 기관이 되어야 한다는 논의가 이어지고 있다. 만약 100년 전 큐레이터가 타임머신을 타고 현대로 와서 이 현상을 목격한다면 말도 안 되는 소리라고 충격을 받을지도 모르겠다.

코로나19 바이러스 유행 이후로 많은 것이 변했듯 이제 뮤지엄도, 전시의 형태도, 큐레이터도 과거와 같지 않으리라는 생각이 든다. 어쩌면 10년 뒤 미래에는 큐레이터라는 직업이 사라질지도 모르겠다. 물론 큐레이터처럼 인간의 창의성이 필요한 직업은 AI가 대체할 확률이 무척이나 낮다고 이야기하기는 하지만, 사실 전시 공간이라는 개념 자체가 크게 변화한다면 큐레이터도 살아남지 못할지도 모른다. 어쩌면 지금과는 완전히 다른 일을 하게 될 수도 있다.

10년 뒤에 기술이 충분히 발전하고 탄소 배출 문제가 정말로 심각해진다면 전시는 이제 오프라인이 아니라 온라인 공간에서만 이뤄질지도 모른다. 그렇게 된다면 나는 이제 온라인 전시 공간 속에서 전시를 기획해야 할지도 모른다. 작품 구입도 마찬가지다. 뮤지엄에서 NFT 작품Non-Fungible Token(블록체인 기술을 이용하여 희소성과 고유성을 확보한 예술 작품)들을 소장하는 것이 보편적이 되는 세상이 온다면 소장품 담당자인 나도 그 개념을 더 열심히 배워야 할지도 모르겠다. 예전에 나는 화성 이주 계획을 보면서, 만약 환경 오염 때문에 인류가 전부 화성으로 이주하고 화성에 뮤지엄이 생긴다면 어떤 형태가 될까 상상해 본 적이 있다. 생존을 위해 지구를 떠나면서 예술 작품을 갖고 가기에는 자원 낭비가 심하니 3D 프린터로 예술 작품을 출력해야 할지도 모른다. 그렇게 된다면 이번에는 예술이란 무엇인가, 뮤지엄이란 무엇인가에 대한 근본적인 정의부터 다시 해야 할지도 모른다.

이런 미래에도 내가 큐레이터로서 일을 하고 있을까? 나는 고민해 본다. 지금처럼 전시를 만들고, 소장품을 관리하고 연구하면서 어떤 공간을 중심으로 일하는 사람이 아니라 완전히 다른 형태의 일을 하는 직업이 될지 어떨지도 모르지만 말이다. 어쩌면 큐레이터라는 직업이 사라져서 다른 일을 하게 될지도 모른다. 아니, 큐레이터라는 직업이 사라지기 전에 내가 먼저 다른 일에 더 매력을 느껴서 직업을 바꿀지도 모르겠다.

미래는 누구도 예측할 수 없다. 뮤지엄이라는 곳이 어떻게 변할지, 전시가 어떻게 변할지, 예술품의 의미가 어떻게 변할지, 심지어 내가 큐레이터로서 일하게 될지도 불확실하다.

그런데 이렇게 예측할 수 없는 미래에도, 단 한 가지 분명한 것이 있다.

앞으로도 나는 여전히 뮤지엄 덕후라는 것이다.

일하는사람 #008

소소하게, 큐레이터

초판 1쇄 발행 2022년 6월 24일
초판 3쇄 발행 2023년 12월 7일

지은이 | 남애리
발행인 | 강봉자, 김은경

펴낸곳 | (주)문학수첩
주소 | 경기도 파주시 회동길 503-1(문발동 633-4) 출판문화단지
전화 | 031-955-9088(마케팅부), 9530(편집부)
팩스 | 031-955-9066
등록 | 1991년 11월 27일 제16-482호

홈페이지 | www.moonhak.co.kr
블로그 | blog.naver.com/moonhak91
이메일 | moonhak@moonhak.co.kr

ISBN 978-89-8392-962-4 03810

*파본은 구매처에서 바꾸어 드립니다.